ALEXANDRA CORDES

Ihre bittere Liebe

AC

ALEXANDRA CORDES

Ihre bittere Liebe

Roman

Alexandra Cordes Edition
Schneekluth

Sonderausgabe des
Schneekluth Verlages, München
Schneekluth, ein Verlagsimprint der Weltbild Verlag GmbH, Augsburg

Einbandgestaltung und Aquarell: Andrea Schmidt
Gesamtherstellung: Presse-Druck Augsburg
Printed in Germany 1997
ISBN 3-7951-1474-8

I

Die Stille im Ordinationszimmer war beklemmend. Es war wie eine stumme Drohung.

Nichts war zu hören außer dem Rascheln der Papiere, in denen der Arzt blätterte.

Er war ein alter Mann. Sein schütteres, weißes Haar hatte gelbe Strähnen. Seine linke Wange verzog sich alle paar Sekunden in einem nervösen Zucken, das die Narbe entlanglief, die wohl von einer Mensur stammte, die vor einem halben Jahrhundert geschlagen worden war.

Und da waren die Hände.

Die Hände, die einen kleinen weißen Zettel aus dem grünen Lederkasten auf dem Schreibtisch zogen.

Die Gelenke der Finger waren knotig vom Alter, die Handrücken gesprenkelt mit braunen Leberflecken. Schwärzlich violett zeichneten sich dicksträhnig die Adern unter der dünnen, pergamentenen Haut ab.

Alexandra Raven mußte ihren Blick von den Händen abwenden, die sie eben noch untersucht hatten. Übelkeit stieg in ihr hoch.

Der Arzt drehte das kleine weiße Blatt zwischen seinen Fingerspitzen.

»Sie wissen, was Sie von mir verlangen?« fragte er. Seine Stimme klang müde und gleichgültig.

Alexandra las in seinen Augen Verachtung und Widerwillen.

Stumm nickte sie. Sie brauchte sich nicht zum Weinen zu zwingen, und sie wußte, daß kein Mann den Tränen in ihren schwarzen, weit auseinanderstehenden Augen widerstehen konnte.

»Ich bin verheiratet«, flüsterte sie, »aber mein Mann ist schon so lange von zu Hause weg. Seit einem Jahr. In Indien. Wir waren nie sehr glücklich miteinander. Ich war so allein. Und als der andere kam – ich schwöre, es geschah nur ein einziges Mal. Ich habe eine Tochter. Eine fast erwachsene Tochter. Sie ist der einzige Mensch, der mich liebt. Sie würde nie verstehen, daß ihre Mutter ... Bitte, bitte, Sie müssen mir helfen!«

Die Tränen rannen über ihre Wangen. Sie spürte das Naß kühl auf ihrer Haut, fast erfrischend.

Flehend hob sie den Kopf. Flehend blickte sie den Arzt an, blickte ihn an, bis er die Augen abwandte. Sie sah, daß Röte die faltige Haut seiner Wange färbte.

»Sie hätten früher zu mir kommen sollen«, sagte der Arzt.

Alexandra senkte den Kopf. Sie spürte, wie das glatte, schwarze Haar an ihren Wangen herunterfiel, wußte, daß es ihr blasses, schmales Gesicht wie der schwarze Schleier einer Büßerin einrahmte.

»Es ist schon der dritte Monat«, sagte der Arzt.

»Bitte! Helfen Sie mir!« flüsterte Alexandra noch einmal.

Wieder entstand Schweigen; das Schweigen einer feindseligen Komplizenschaft.

»Kommen Sie morgen wieder«, sagte der Arzt schließlich mit dieser müden, gleichgültigen Stimme. »Um die gleiche Zeit.«

»Danke«, flüsterte Alexandra.

»Ich brauche noch Ihren Namen«, sagte er. »Einen Namen.«

»Magdalena Raven.« Sie stieß es hervor. Sie hätte lachen können jetzt, lachen und jubeln.

Sie sah, wie der Arzt den Namen in steiler, altmodischer Schrift auf dem kleinen weißen Zettel notierte.

»Kann ich – jetzt gehen?« fragte sie.

»Ja, gehen Sie«, sagte er.

»Auf Wiedersehen, Herr Doktor. Und danke. Vielen Dank!«

»Danken Sie mir nicht!« Jetzt war die resignierte Verachtung nicht nur in seinen Augen, jetzt war sie auch in seiner Stimme.

Der Boden war von einem Teppich wie aus blassem Gold bedeckt. Spiegel vergrößerten den Raum und unterteilten ihn gleichzeitig in kleine, intime Kabinen. Hier versank der nackte Fuß in weichem, bordeauxrotem Velour. Ein kleiner hochbeiniger Stuhl aus Messing schien für gewichtlose Fabelwesen gemacht.

Die Verkäuferin trug Schwarz, hochgeschlossen, schmucklos, strenge Hüterin eines Horts von Kostbarkeiten aus Samt und Seide.

Magdalena Raven folgte der Verkäuferin zögernd und beklommen. Sie schämte sich des einfachen, blauen Rocks, den sie trug, der weißen, schmucklosen Bluse.

»Sie haben ein Modell im Fenster gesehen?« fragte die Verkäuferin. »Das weiße vielleicht?«

Lena nickte eifrig. »Ja, das weiße«, sagte sie ein wenig atemlos.

Die Verkäuferin lächelte. »Es wird Ihnen gewiß ausgezeichnet stehen. Ich werde es für Sie aus dem Fenster nchmcn.«

»Ja, bitte.«

Lena wußte nicht, was das Kleid kosten würde. Natürlich steckte kein Preisschildchen daran. Bei ›Monique‹ war nie ein Kleid ausgezeichnet.

Aber ich will es einmal anhaben, dachte Lena trotzig. Einmal diese weiche, silberne Seide auf meiner Haut spüren.

Sie wandte sich dem Spiegel zu, sah ihr Gesicht, zart gebräunt, fast so blaßgolden wie der Teppich draußen vor der Umkleidekabine schimmerte ihre Haut. Ihre Augen waren braun, einfach braun. Sie wünschte, sie hätte grüne Augen zu ihrem weizenblonden Haar gehabt.

Oder schwarze Augen, wie Mama, und dieses schwarze Haar, schwarzglänzend wie Rabenflügel.

Ja, Mama war schön; sie war so schön, daß es manchmal weh tat, sie anzuschauen. Wenn sie nur nicht so nervös gewesen wäre in letzter Zeit, so schnell gereizt – Aber daran wollte Lena jetzt nicht denken.

Einmal, nur einmal wollte sie an sich selbst denken. Sich selbst sehen, glauben, träumen, daß sie selbst schön sei.

Ihre Hände waren vor Aufregung heiß, als sie ihre Bluse aufzuknöpfen begann, aus dem blauen Rock schlüpfte.

Die Verkäuferin trat wieder ein. Der weiße Stoff des Kleides knisterte wie Seidenpapier, als sie es Lena überstreifte.

Dünngerollte Träger hielten es auf ihren Schultern. Es war ganz und gar schmucklos, aber es schmiegte sich weich um ihre schmale Taille.

»Wunderschön«, sagte die Verkäuferin. »Es ist, als wäre es für Sie gemacht. Hier«, sie schlüpfte aus ihren hochhackigen, schwarzen Lackpumps, »ziehen Sie die an. Dazu muß man hohe Absätze tragen. – Jetzt fehlt nur noch eine kleine Abendtasche. Vielleicht rot? Rote Seide? Oder violett. Aber keinen Schmuck. Sie dürfen keinen Schmuck dazu tragen.«

Sie lächelten sich im Spiegel an, beide plötzlich mit erhitzten Gesichtern, waren wie kleine Mädchen, die große Dame spielen.

»Was kostet es?« fragte Lena leise, fast ehrfürchtig.

»280 Mark.«

280 Mark.

Lena senkte den Kopf.

»Ich könnte – wenn Sie es wollen, das Kleid für Sie kaufen. Ich bekomme Prozente. Fünf Prozent. Ich meine, weil es Ihnen doch so gut steht ...«

Lena schüttelte den Kopf, stumm, heftig. Sie schämte sich, konnte die Verkäuferin nicht mehr anblicken.

»Ich muß es mir überlegen«, murmelte sie. »Und ich danke auch schön.«

»Wie sie wollen«, sagte die Verkäuferin, und jetzt war ihr Gesicht wieder gleichgültig – aber auch enttäuscht. Sie zog den Reißverschluß im Rücken des Kleides heftig herunter.

Als Lena den Salon ›Monique‹ verließ, brannte ihr Gesicht vor Scham. Sie ging mit schnellen, staksigen Schritten die Straße entlang, mußte sich zwingen, nicht zu laufen, nicht zu flüchten.

Wie sinnlos.

Alles, was ich tue, ist sinnlos.

Warum füge ich mich nicht? Warum tue ich nicht das,

was ich tun muß? Ich muß lernen, fleißig sein, so sagt Mama; wie früher in der Schule, so jetzt zu Hause. Ich muß Mama zur Hand gehen. Sie ist nicht die Stärkste. Darum mache ich ja auch die Hausarbeit. Ach, es ist sinnlos, träumen zu wollen.

Sinnlos!

Wütend über sich selbst begann sie doch zu laufen. Tränen brannten in ihren Augen.

Ein Auto hupte schrill, als sie achtlos die Straße überquerte.

Mama. Ich liebe Mama, und ich will ihr keinen Kummer machen. Niemals.

Ich bin selbstsüchtig. Ich denke viel zu sehr an mich selbst.

Das hat Mama auch gesagt, und sie hat recht.

II

Der Raum war hell und groß. Weißlackiert, mit blitzenden Scheiben, waren die Medikamenten- und Instrumentenschränke, die sich an die Wände reihten.

Aus weißlackiertem Metall war auch der Schreibtisch, mit einer dunkelgrünen Kunststoffplatte versehen, die fast nach Leder aussah.

Dr. Christoph Bertram blickte sich jungenhaft stolz in seiner neuen Ordination um.

Die erste Praxis.

Er hatte sie von einem älteren Kollegen übernommen, der erst kürzlich verstorben war. Sie lag im vornehmsten Viertel der kleinen Stadt, die sich um die grünen Hänge des Michelsbergs schmiegt.

Bertram trat an den Kasten, der noch die Karten der Privatpatienten enthielt. Eine stattliche Anzahl; hoffentlich würde es ihm gelingen, sie auch weiterhin zu betreuen.

Er ließ die Karten durch die Finger schnippen. Sein Blick blieb an dem Namen Raven hängen. Dr. Robert Raven, Privatgelehrter, ein bekannter Name, ein großer Biologe und Chemiker.

Die Ravens wohnten gleich nebenan.

Bertram trat zum Fenster, blickte auf das große Haus, dessen Dach aus Moselschiefer durch das erste rote Laub der Blutbuchen schimmerte, die hier die beiden Grundstücke teilten.

Das Haus der Ravens war ein großes Haus aus weißgetünchten Klinkern, mit grünen Läden an den französischen Fenstertüren. Es war ein Haus, dessen Besitz entweder ein altvererbtes Vermögen bewies oder eine erfolgreiche Karriere.

Eines Tages werde ich auch solch ein Haus besitzen, dachte Bertram, eines Tages, wenn ich es geschafft habe.

Er strich sich über sein braunes Haar, das ihm in spitzem Winkel in die Stirn wuchs.

Im gleichen Augenblick sah er das Mädchen, das eilig die Straße entlang kam.

Sie war sehr schmal und klein, und ihr rötlichblondes Haar flatterte im Wind. Sie trug flache weiße Schuhe, einen schmucklosen blauen Rock und eine ebenso schmucklose weiße Bluse.

Das Mädchen blieb nebenan vor dem weißgestrichenen Gartentor stehen, um es aufzuschließen, und jetzt konnte Bertram ihr Gesicht richtig erkennen.

Es war ein zartes Gesicht, fast herzförmig – zu blaß, zu einfach in seinen Linien, um schön zu sein. Aber was ihn fast betroffen machte, war die Trauer in den großen braunen Augen, die ihn einen Herzschlag lang anzusehen schienen.

Dr. Bertram schaute dem Mädchen nach, wie es über den Kiesweg lief, der zum Hause der Ravens führte. Es hatte lange, schlanke Beine; die Taille war schmal, fast zerbrechlich. Aber der Rücken war kerzengerade, und irgendwie strafte diese Haltung den Ausdruck der Trauer in den großen braunen Augen Lüge.

Erst als das Mädchen hinter der dunkelgrün lackierten Haustür verschwunden war, bemerkte Bertram, daß seine Hände schweißnaß geworden waren.

Verblüfft schaute er seine Handflächen an.

Und dann begann er leise, aber herzhaft zu lachen.

Der Anblick des Mädchens, eines halben Kindes noch, hatte ihn in eine Erregung versetzt, die ihm bisher völlig fremd gewesen war.

Studium, Praktikum, eigene Praxis. Lernen, büffeln, forschen. Das war seine Welt.

Er hatte ein paar Liebschaften gehabt.

Vera, die aus Prag geflüchtete Studentin. Liebe, wild wie ein Waldbrand. Liebe einer einzigen Nacht. – Inge, blond und widerstrebend. Liebe zwischen kühlen Laken.

Liebe? Ein kurzer Rausch. Ein schneller Genuß.

Bertram lachte. Für Liebe hatte er bisher keine Zeit gehabt.

Und jetzt waren seine Hände feucht geworden, als er ein Mädchen sah, das er nicht einmal kannte.

Doch: fremd war sie ihm nicht. Es konnte nur die Tochter der Ravens sein, die nebenan wohnten.

Er spitzte die Lippen zu einem jungenhaften Pfiff und lachte wieder.

Welch ein Tag! Welch eine Praxis! Welch eine Zukunft. Mein Gott, konnte das Leben schön sein!

Lena stand in der Küche und putzte die Pilze. Sie schnitt kleine Kerben in die weißen Hüte, so, wie sie es von Ives gelernt hatte, dem Wirt der kleinen Auberge in der Normandie, während der einzigen Reise, die sie bisher mit Mama machen durfte, als Belohnung für das bestandene Abitur.

Bei Ives hatte sie in zehn herrlichen Tagen einer ungewohnten Freiheit Kochen gelernt, während Mama am Strand gelegen und mit den jungen Franzosen geflirtet hatte.

Aber Lena konnte es nur zu gut verstehen: Mama war noch so jung und so schön!

Nur hatte es weh getan, dabei an Papa zu denken; an Papa, der Mama so sehr liebte. Aber gewiß war es nichts Unrechtes, was Mama tat. Sie konnte gar nichts Unrechtes tun.

Lena warf die Pilze in das Sieb, wandte sich dem Gewürzschränkchen zu, als es klingelte.

Lena lief schnell in die Halle, öffnete die Tür.

Ein junger Mann stand draußen, eine Hand leger in der Tasche seines englisch-karierten Sportsakkos, die andere ausstreckend.

»Guten Abend! Mein Name ist Bertram, Doktor Bertram!«

Lena wischte sich schnell die Hände an der Schürze ab, spürte, daß sie rot wurde unter dem merkwürdig forschenden, halb belustigten und halb – fast hätte sie gedacht – liebkosenden Blick.

Die Hand des Mannes war fest, doch der Druck der Finger weich, beinahe zärtlich.

Lena entzog ihm schnell ihre Hand, die in diesem Augenblick eiskalt war.

»Ja, bitte?«

Dr. Bertram lachte. Die Sommersprossen auf seinem hellen Gesicht hüpften.

»Ich bin Ihr neuer Nachbar. Sie sind Fräulein Raven, nicht wahr?«

Lena nickte stumm.

»Hm – Ihre Eltern ...?«

»Mama ist in der Stadt, in Bonn, meine ich ... Papa ist nicht hier.« Sie hob den Kopf. »Er ist in Indien«, sagte sie stolz.

»In Indien?« Die Augen Dr. Bertrams weiteten sich, sein Mund zuckte, es schien fast, als wollte er lachen.

»Was ist denn daran so komisch?« fragte Lena, und sie hörte selbst, wie ungehalten ihre Stimme klang.

»Gar nichts, aber ich bitte Sie«, sagte Dr. Bertram schnell.

Lena trat zurück. »Wollen Sie nicht – reinkommen?« fragte sie widerwillig.

Dr. Bertram hob rasch die Hand. »Keine Umstände! Ich wollte mich nur bekannt machen! Ein Anstandsbesuch, ganz im Vorübergehen, sozusagen ...«

»Sie können ja wiederkommen, wenn Mama da ist«, sagte Lena.

Dr. Bertrams Augen ließen sie nicht los. Lena spürte, daß sie wieder rot wurde.

Ich habe die Praxis von Dr. Seligthal übernommen«, sagte er. »Ich würde mich freuen, wenn ich Ihren Puls fühlen könnte – sollten Sie einmal Fieber haben!« Er sagte es mit einer solch jungenhaften Unbekümmertheit und ohne jeglichen Unterton, daß Lena ungewollt laut lachen mußte.

»Gern!« rief sie. »Aber – verzählen Sie sich nur nicht!«

Dr. Bertram stimmte in ihr Lachen ein. Er nahm ihre Hand, drückte sie, wandte sich ab und ging schnell den Kiespfad hinunter zur Straße.

Als Lena die Tür geschlossen hatte, lehnte sie sich mit geschlossenen Augen gegen das Holz.

Von einer Sekunde auf die andere, von einem Herzschlag zum anderen, war ihr in der Begegnung mit diesem jungen, unkomplizierten Arzt bewußt geworden, daß sie zum erstenmal in ihrem Leben einem Menschen unbefangen, selbstsicher und natürlich gegenübergetreten war.

Sie öffnete die Augen. Die Welt schien mit einemmal ganz anders.

Ich bin Lena, dachte sie. Ich bin nicht nur Mamas Tochter. Ich bin Lena, ich selbst!

Die Läden schnitten das Licht der Sonne in blaßgelbe Streifen. Sie reichten bis zu den weißen Laken des Bettes; Alexandra spürte die Wärme des Lichtes auf ihrer Hand.

Der Mann neben ihr lag auf dem Rücken. Er lag regungslos. Ihre Körper berührten sich nicht mehr.

»Warum tust du uns das an?« fragte er.

Sie antwortete nicht. Sie bewegte ihre Hand, zog sie aus der Wärme der Sonne in den Schatten, schob sie wieder hinein. Sie bewegte ihre Finger, als müsse sie deren Geschmeidigkeit prüfen.

»Alexandra, warum läßt du dich nicht scheiden?«

»Ich habe es dir schon so oft erklärt«, erwiderte sie.

»Du hast einen Mann, den du nicht liebst. Den du – und da kannst du mir nichts vormachen – fortgetrieben hast. Du hast eine Tochter, um die dich nicht kümmerst –«

»Sag das nicht«, unterbrach sie ihn.

»Zumindest bedeutet sie dir nichts. Du hältst sie dir, wie man sich einen Schoßhund hält – oder eine Sklavin.«

»Magdalena ist mein Kind. Sie ist mein Fleisch und Blut.«

»Als ob dir das etwas ausmachte!« Es klang bitter. »Wenn dir das etwas ausmachte, dann könntest du sie nicht belügen.«

Seine Augen waren blau, und sein Haar war blond, und wenn sie zärtlich war, nannte sie ihn ›meinen blonden Luzifer‹.

»Charly, ich mag dich«, sagte sie, »aber nicht, wenn du böse bist.« Sie drehte sich auf die Seite, wandte ihm dem Rücken zu.

»Du willst also unser Kind nicht?« fragte er.

»Nein.«

»Und ich frage dich zum letztenmal: Du willst dich auch nicht von deinem Mann scheiden lassen?«

»Nein.«

Das Bettuch knisterte, als er aufstand. Alexandra hörte, wie er begann, sich anzuziehen.

»Ich bin müde. Ich bleibe noch ein bißchen liegen«, sagte sie und schloß die Augen.

Diesmal antwortete er nicht.

Seine Schritte pochten über die Dielen des Zimmers. Sie hörte, wie er das Glas aufnahm, es dann jedoch wieder auf den Tisch stellte, ohne aus der Flasche eingegossen zu haben.

Sie hörte, wie er zum Bett trat. Sie spürte, daß er auf sie heruntersah.

»Alexandra.«

»Ja?«

»Alexandra, bitte ...«

»Ich bin so müde«, murmelte sie und zog sich das Laken bis zum Kinn hoch.

»Alexandra, wenn ich dich heute nicht zur Vernunft bringen kann, werden wir uns nie wiedersehen.«

Sie preßte ihre Lippen aufeinander, um nicht zu lächeln.

»Alexandra, hörst du!«

»Sei doch nicht albern!« Sie öffnete die Augen halb, blinzelte zu ihm auf.

Er war blaß und wirkte mit einemmal viel jünger als achtunddreißig.

»Es kann nicht so weitergehen«, sagte er.

»Was willst du?« fragte sie, »mir eine Szene machen?«

»Ich liebe dich«, sagte er, »das weißt du. Und ich möchte mir dir zusammenleben. Immer.«

»Wovon?« fragte sie und blickte ihn jetzt aus weitgeöffneten Augen an.

»Wovon?« fragte er verständnislos.

»Ja, wovon!« Sie lächelte spöttisch. »Du hast zwar einen ganz guten Job als Architekt, aber das genügt mir nicht. Ich bin eine anspruchsvolle Frau. Und selbst, wenn ich das nicht wäre – ich hasse Skandale.«

»Eine feine Moral«, stieß er hervor. »Du hast Angst, daß sich die Leute das Maul über dich zerreißen könnten, aber dafür nimmst du gern in Kauf, daß du deinen Mann, deine Tochter und mich kaputtmachst, wie?«

»Ach Charly, das ist doch wirklich übertrieben!«

»Hör auf!« Er hob die Rechte, als wollte er sie schlagen. Aber dann ließ er die Hand wieder sinken.

»Ich wünschte, ich hätte dich nie kennengelernt«,

sagte er schließlich leise. »Ich kann einfach nicht so leben, wie du es von mir verlangst.«

»Du kannst jederzeit damit aufhören.«

»Du willst –« Er mußte schlucken, war plötzlich sehr blaß geworden. »Du meinst, es ist Schluß?«

Sie senkte ihre Lider, zog die Schultern hoch.

»Komm zur Vernunft, Alexandra. Wenn du mich jetzt wegschickst – dann komme ich nie wieder!«

»Du wiederholst dich«, sagte sie spöttisch. »Außerdem schicke ich dich nicht weg, sondern ich gehe. Dies ist doch dein Haus, Charly.«

Sie schlug das Laken zurück, erhob sich.

Er trat einen Schritt auf sie zu.

»Rühr mich nicht mehr an«, sagte sie sanft.

Seine Wangen wurden aschfahl. Er drehte sich um, starrte aus dem Fenster, wo es nichts zu sehen gab als die grüne Wand des Tannenforstes und darüber das gläserne Blau des Himmels.

Alexandra trat in das winzige Bad des Blockhauses.

Sie summte lächelnd vor sich hin, während sie Wasser in die Wanne laufen ließ.

Daß Charly sich so in sie verliebt hatte, amüsierte sie, und gleichzeitig fühlte sie sich geschmeichelt.

Aber es war höchste Zeit, daß diese Sache mit ihm aufhörte. Er war zu besitzergreifend geworden.

Alexandra dehnte sich in dem lauwarmen Wasser. Sie hörte das Klappen der Haustür, dann das Anspringen seines Wagens.

Gut, daß die Geschichte vorbei war.

Morgen abend würde sie wieder zu dem alten Arzt gehen – und übermorgen würde dann nichts mehr an Charly erinnern.

Sie erhob sich aus dem Wasser und betrachtete sich in

dem Spiegel, der in die Tür des Badezimmers eingelassen war.

Sich strich mit sanfter Hand über ihren flachen Leib, über die schmalen, immer noch fast knabenhaften Hüften.

Sie betrachtete sich lange und prüfend im Spiegel, ehe sie sich abfrottierte und hinüberging, um sich anzukleiden.

III

»Dhuoon ... dhuooon ...«, rief der braunhäutige Treiber dem Arbeitselefanten zu. Schweiß glänzte auf der nackten Haut des Mannes, er trug nur einen verdreckten Lendenschurz. Der lehmfarbene Turban saß schräg auf seinem Kopf, und die knotigen Muskeln seiner Schultern arbeiteten zuckend, als er mit dem Lenkstock die Nackenfalte hinter dem linken Ohr des Elefanten berührte.

Der Elefant schlang seinen Rüssel um den riesigen Pateta-Stamm, hob ihn hoch und warf ihn mit einem beinahe eleganten Schwung zu den anderen Stämmen, die an der Böschung des Flusses gestapelt waren.

Es polterte dumpf in der trägen Hitze des Nachmittags.

Robert Raven, Leiter der Forschungsstation von Chadura in Nordindien, nahm den breitkrempigen Leinenhut ab und wischte sich mit seinem Taschentuch den Schweiß von Stirn und Nacken.

Er blickte zur Sonne hoch, die zwischen den Kronen der hochstämmigen Pateta-Bäume hing. Ein Dunstschleier umgab sie und verlieh ihr einen stechenden Messingglanz.

»Monsun kommt bald. Große Regen«, sagte Indrhu, der Vorarbeiter, der neben ihm stand.

Raven nickte. Er setzte den Hut wieder auf, ging zum Flußufer hinüber.

Drüben, auf der anderen Seite, war der Aufgang zur Brücke schon ausgeschachtet, waren die Holzpfähle schon den lehmigen Boden gerammt.

Die Brücke sollte fertig sein, ehe der Regen begann. Sie mußten sich beeilen.

Aber dieser Brückenbau interessierte Raven nur in seiner Eigenschaft als Leiter dieser Station. Straßen- und Brückenbau – das besorgten die Techniker. Robert Raven war Forscher, ihn beschäftigten andere, wichtigere Probleme. Er verabschiedete sich von Georg Baumann, dem Ingenieur aus Stuttgart, und ging zu seinem Landrover.

Raven setzte sich hinters Steuer und fuhr los.

Wieder war ein Tag in Indien zu Ende.

Der 400. Tag, seit der Deutschland verlassen hatte.

Der 400. Tag ohne Alexandra.

Der faulige Boden der Sümpfe blieb draußen, als Robert Raven die Tür des Bungalows hinter sich schloß.

Er war ein magerer, drahtiger Mann, Ende der Vierzig. Sein schmaler Schädel mit dem gewölbten Hinterkopf war von kurzgeschorenem, grauem Haar bedeckt.

Er ließ sich in den Rohrsessel neben dem Tisch fallen, streckte sie Füße in den staubbedeckten Buschstiefeln weit von sich.

Er klatschte in die Hände, und Amrah erschien, lautlos, ein schmaler Schatten in einem weißen, bis auf die Füße reichenden Hemd.

»Good evening, Sir.« Er kniete vor Raven nieder, begann seine Stiefel aufzuschnüren. »Ein heißer Tag heute. Und ein feuchter Tag. Man merkt, daß die Regen kommen, nicht wahr?«

»Ja«, sagte Raven, »man merkt, daß die Regen kommen.«

Es war gewiß kein Grund zur Freude. Zwar brachten die ersten Regen Kühle, aber auch Schlamm. Sie verwandelten dieses malerische Tal zwischen den Chiapa-Bergen, in denen die Forschungsstation stand, in eine Schlammwüste. Und der Brodem der Chadura-Sümpfe würde noch fauliger, noch brandiger sein. Und dann würde die Feuchtigkeit einsetzen, die Feuchtigkeit, die alles mit Schimmel überzog und in die Knochen drang und ihn mit Rheuma plagen würde, daß er nur mehr unter schmerzstillenden Drogen leben konnte.

»Ihr Bad ist bereit, Sir, und Ihr Drink auch. Lemon mit Gin. Und die Post habe ich dazugelegt.«

»Es ist Post gekommen?« Unwillkürlich richtete Raven sich hastig auf.

»Yes, Sir, aus Deutschland.« Stolz sprach Amrah das Wort aus: eines der wenigen deutschen Wörter, die er im Laufe seines Dienstes bei Raven gelernt hatte. »Von Mrs. Raven.«

Auf nackten Füßen – Raven empfand die Kühle der gelben Lehmziegel als eine Wohltat – eilte er ins Schlafzimmer, wo eine eisbeschlagene Kanne mit Gin und Lemon bereitstand – und die Post lag.

Ein Brief von Alexandra. Der erste seit sechs Wochen. Ungeduldig riß er ihn auf.

Ich liebe Dich ... stand da in ihrer großen, runden Handschrift, große runde Buchstaben in violetter Tinte. *Ich sehne mich so nach Dir* ...

Er mußte den Bruchteil einer Sekunde lang die Augen schließen. So lange hatte sie dies nicht mehr geschrieben, so lange nicht.

Ich weiß gar nicht mehr, wie es geschah, daß ich Dich überhaupt fortlassen konnte. Haben wir uns wirklich gestritten? Habe ich Dich wirklich fortgeschickt, mein Liebster?

Er spürte die neugierigen Blicke Amrahs auf sich ruhen.

»Mach, daß du hinauskommst«, sagte er.

Er wollte allein sein; mußte jetzt allein sein.

Alexandra ...

Er sank auf sein Bett. Er las die Zeilen ihres Briefes wieder und wieder, bis er jedes Wort fast auswendig kannte.

Er legte sich zurück. Er schob einen Arm über die Augen. Mit der anderen Hand hielt er immer noch ihren Brief.

Ich fliege zurück, dachte er. Ich kehre nach Deutschland zurück. Zu Alexandra, meiner Frau, und zu Lena, meiner Tochter.

Ich bleibe keinen Monat länger hier.

Keine Woche länger.

Aber gleichzeitig wußte er, daß er dies nicht tun würde, nicht tun konnte.

Er hatte sich für zwei Jahre freiwillig verpflichtet, Chadura zu übernehmen.

Er, der Forscher aus Leidenschaft, würde jetzt, kurz vor dem Ziel, seine Arbeit nicht aufgeben können. In seinem Schreibtisch lagen die Berechnungen für die Entwässerung der Sümpfe, die Urbarmachung des Bodens. Lag aber vor allem die Akte HA 1 mit den ersten Ergebnissen seiner chemischen Untersuchungen der Rinde des Habutabaums.

Vor zwei Monaten erst hatte Amrah ihm von der wundersamen Heilkraft der Rinde erzählt.

»Alles kann man damit kurieren, alles, Sahib. Ausschlag, Geschwüre, Geschwulste ...«

Bei dem Wort Geschwulst hatte Raven aufgehorcht.

Und Amrah hatte ihm einen Mann gebracht, der unter einer großen Geschwulst am rechten Unterkiefer litt.

»Behandle ihn mit der Salbe aus der Habutarinde, Sahib, dann wirst du es selbst sehen, daß ich die Wahrheit sage«, hatte Amrah gedrängt.

Raven hatte zuerst eine Gewebeprobe aus der Geschwulst entnommen und dann nach Kalkutta zur Untersuchung gesandt.

Drei Wochen später erhielt er die Antwort: eine Krebsgeschwulst.

Aber in den drei Wochen hatte Raven täglich die Geschwulst mit der gallertartigen grünen Salbe aus der Rinde des Habutabaumes behandelt – und die Geschwulst war zurückgegangen.

Der große Traum der Menschheit – Befreiung von der Geißel Krebs –, er schien den Schlüssel in der Hand zu halten, ihn zu erfüllen.

Raven spürte die Adern in seinen Schläfen klopfen.

Noch stand er erst am Anfang.

Noch galt es, die Bestandteile der Habutarinde zu ergründen. Das daraus gewonnene HA 1 weiter zu erproben, es in den verschiedensten Formen anzuwenden.

Ein Berg von Forschungsarbeit lag noch vor ihm, dessen steile Flanken die Experimente waren, gesäumt von gefährlichen Schluchten möglichen Versagens.

Raven starrte auf Alexandras Brief, hin- und hergezerrt zwischen seiner Sehnsucht nach ihr und seiner Wißbegierde als Forscher.

Und dann dachte er daran, wie es zu Hause sein würde: Eine kurze Weile des Glücks, eine kurze Weile, in der nichts anderes entscheidend war, als die Leidenschaft, die ihn und Alexandra verband.

Aber dann würde er wieder rastlos werden. Dann würden sie sich wieder streiten. Dann würde er wieder nach Mitteln und Wegen suchen, um fortgehen zu können.

Ihre Liebe war zu groß für den Alltag. Eine Liebe, die zu viel vom anderen forderte.

Raven richtete sich auf. Er griff nach dem zweiten Brief, der aus Deutschland gekommen war.

Er trug keinen Absender. Ein mit Maschinenschrift versehenes Blatt rutschte ihm entgegen, als er den dünnen Umschlag aufriß.

Zwei Zeilen nur –

Ihre Frau hintergeht Sie. Ihre Frau betrügt Sie mit einem jungen Architekten. Dies schreibt Ihnen ein Freund, der es gut mit Ihnen meint ...

Raven saß ganz still. Regungslos.

Er empfand nichts. Gar nichts. Und dann stieg ein Würgen in seiner Brust auf, schnürte ihm die Kehle zu.

Verwirrt blickte er um sich.

Er wollte aufstehen, aber die Beine versagten ihm den Dienst.

»Amrah!« stöhnte er.

Der Diener erschien, starrte ihn verstört an.

Stumm, mit schlaffer Hand, wies Raven auf die Kanne mit dem Gin und Lemon.

IV

Sie kamen am frühen Morgen. Sie entstiegen zu zweit einer unauffälligen dunklen Limousine, überquerten die Straße, blickten an seinem Haus hoch.

Er trank den letzten Schluck seines Kaffees, er tupfte sich die Lippen unter dem kurzen, borstigen Schnurrbart ab. Er spürte die Mensurnarbe auf der Wange zukken.

Er stand auf, streifte sein Jackett über, war schon in der Diele, als es klingelte.

Zum erstenmal seit langer Zeit waren seine Hände ganz ruhig, als er die Tür öffnete.

»Doktor Quarato?« fragte der kleinere der beiden Herren in den unauffälligen dunklen Mänteln, die eigentlich zu schwer waren für den warmen Frühlingstag.

»Der bin ich«, sagte er und lächelte. »Bitte, womit kann ich dienen?« Er machte eine Handbewegung in die kleine, düstere Diele.

Die Herren traten ein.

»Wir haben einen Haftbefehl gegen Sie wegen unerlaubter medizinischer Eingriffe«, sagte der größere der beiden.

In der Diele war es zu dunkel, und er trug auch seine Brille nicht. Doktor Quarato konnte nicht lesen, was auf dem Schreiben stand, das man ihm reichte.

»Ich muß meine Hilfe unterrichten, daß heute keine Sprechstunde ist«, sagte er.

»Das werden wir schon erledigen«, erwiderte der kleinere der beiden Herren.

Sie standen abwartend, drängten ihn nicht zur Eile, während er seinen Mantel überzog und sich den weißen Seidenschal sorgfältig um den Hals legte.

Er war fast versucht, sich selbst im Spiegel zuzulächeln, denn auf eine sonderbare Weise war er erleichtert, daß sie endlich gekommen waren, um ihn zu holen.

Es war am gleichen Tag und zur verabredeten Nachmittagsstunde. Das Licht der Sonne fiel schräg in die Gasse am Rhein. Kinder spielten Nachlaufen zwischen parkenden Autos, ein weiß- und rotgescheckter Hund hob sein Bein an einer Laterne.

Alexandra Raven entlohnte das Taxi, überquerte die Straße.

Als sie den Blick zu den weißemaillierten Praxisschild von Dr. Quarato hob, wußte sie sogleich, daß etwas nicht in Ordnung war.

Denn rechts davon waren die Rolladen vor den Fenstern heruntergelassen. Das Haus machte einen unbewohnten, ja verlassenen Eindruck. Dennoch klingelte Alexandra. Aber sie war nicht überrascht, daß kein Summen des Türöffners antwortete.

Etwas anderes empfand sie plötzlich: Angst.

Sie drehte sich auf dem Absatz um, ging hastig davon, wäre am liebsten gelaufen.

Man hat ihn geschnappt, dachte sie. Man hat ihn verhaftet.

Und die Angst ließ ihr den Schweiß von den Schläfen in den Kragen ihres blaßgrünen Kostüms rinnen.

»Was ist nur mit dir?« fragte Lena.

»Was soll mit mir sein?«

Alexandra blickte von ihrem Teller auf, sie hatte lustlos in dem Ragout fin herumgestochert.

Sie begegnete Lenas fragenden Augen, wich ihnen sogleich aus.

»Du bist so nervös«, Mama. Hast du Sorgen?«

»Ach was!« Alexandra schob ihren Teller zurück, stand auf.

Mit steifem Rücken, den sie immer dann hatte, wenn sie gereizt war, schritt Alexandra ins Nebenzimmer, zündete sich eine Zigarette an, schaltete das Fernsehgerät ein.

Lena räumte den Tisch ab, trug das Geschirr in die Küche.

Sie hatte sich so viel Mühe mit dem Essen gegeben, und Mama hatte kaum etwas davon angerührt. Traurig stellte Lena die Mahlzeit in den Eisschrank.

Ich wünschte, ich wüßte, was Mama bedrückt. Ich wünschte, ich könnte sie verstehen.

Je älter ich werde, um so weniger verstehe ich sie.

Dieser Gedanke war nicht neu; Lena dachte ihn in letzter Zeit immer häufiger.

»Kind, ich muß noch einmal fort!« Alexandra war in der Küchentür erschienen, ohne daß Lena es gehört hatte.

»Ja, Mama«, sagte sie nur.

»Und es tut mir leid, Magdalena, wegen vorhin. Ich meine – daß ich nichts gegessen habe.«

»Ja, Mama.«

»Mit meinem Magen stimmt etwas nicht. Ich muß mal zum Arzt gehen.«

»Nebenan wohnt ein neuer Arzt«, sagte Lena, »Dr. Bertram.«

»Seit wann?«

»Ich weiß nicht – er war hier, vorgestern. Er wollte seinen Anstandsbesuch machen.«

»Alt oder jung?«

Lena hob die Schultern. »30 vielleicht?«

»Macht er einen vertrauenswürdigen Eindruck?«

»Ja, ich glaube schon. Er ist nett«, fügte Lena eifrig hinzu – und hätte sich im gleichen Moment am liebsten auf die Lippen gebissen; denn in den Augen ihrer Mutter glomm dieser wachsame und gleichzeitig spöttische Ausdruck auf, vor dem sie sich instinktiv fürchtete.

»Nun, dann werde ich mir deinen Doktor Bertram bei Gelegenheit einmal anschauen«, sagte Alexandra mit diesem Lächeln, das ihre Mundwinkel nach oben bog.

Ohne ein weiteres Wort ging sie – und ihre Tochter fragte nicht wohin.

Lena hörte das Ratschen der Reifen, als Alexandra ihr Kabriolett aus der Garage setzte, das Aufröhren des Motors, als der Wagen auf die Straße schoß.

Lena fragte sich nur, wie schon so oft, ob es natürlich zwischen Mutter und Tochter sei, daß die eine nicht wußte, was die andere tat.

Zehn Minuten später kamen sie.

Zwei Herren in dunklen Mänteln standen im Eingang, als Lena öffnete.

»Wir möchten zu Fräulein oder Frau Magdalena Raven«, sagte der kleinere von ihnen.

»Das bin ich.« Lena blickte fragend von einem zum anderen.

»Wir hätten Sie gern einen Augenblick gesprochen.« Die beiden Herren stellten sich vor.

Lena verstand ihre Namen nicht richtig, aber das Wort Kriminalpolizei verstand sie sehr wohl.

»Bitte – kommen Sie doch herein, obwohl ich nicht weiß, was Sie hierher führen könnte?«

Die beiden Herren schauten sich aufmerksam in dem großen Wohnraum um, schienen den Aubusson zu taxieren, die Ledergarnitur vor dem Kamin, die kostbaren alten Stiche an den mit senffarbenem Rupfen bespannten Wänden, die Waffen und Masken aus fernen Erdteilen.

»Bitte, nehmen Sie doch Platz«, sagte Lena.

»Sie waren vorgestern bei Doktor Quarato?« Es war eine Frage wie ein Pistolenschuß.

»Bei wem?« fragte Lena erstaunt zurück.

»Bei dem Frauenarzt Doktor Quarato!«

»Nein«, Lena zuckte die Schultern, lächelte, »ich kenne keinen Arzt dieses Namens.«

»Wir haben Ihren Namen in seiner Kartei gefunden.«

»Aber –«

»Sie sind bei ihm gewesen, weil Sie seine Hilfe suchten.«

»Ich –«

»Sie erwarten ein Kind, und Sie wollen es abtreiben lassen!«

»Nein!« Lena flüsterte es nur. Sie hob ihre Hand, preßte sie vor ihren Mund.

»Fräulein Raven«, sagte der kleinere der beiden. »Sie sind die einzige, die Doktor Quarato wegen eines solchen Anliegens aufgesucht hat. Von wem haben Sie seine Adresse erfahren? Von einer Freundin vielleicht, oder hat – der junge Mann sie Ihnen gegeben?«

»Welcher junge Mann?«

»Ihr – Freund.«

»Ich – aber ich habe keinen Freund. Und ich – ich bin niemals bei einem Arzt gewesen! Noch nie bei einem Frauenarzt – ich«, Lena verstummte hilflos, weil es zu ungeheuerlich war, was man ihr da vorwarf.

Und obwohl sie es kaum begriff, obwohl sie es einfach nicht zu fassen vermochte – war plötzlich ein Gedanke da, der ihr Gehirn mit greller Ahnung erhellte.

»Sie sagten, Sie haben meinen Namen in der Kartei dieses Arztes gefunden?« fragte sie kaum hörbar und dennoch sehr deutlich.

»Ja, das haben wir.« Lena nahm die kleine weiße Karte, die der größere der Herren ihr reichte.

Und darauf stand ihr Name in einer zittrigen, alten Schrift.

»Ich sagte Ihnen schon, das muß ein Irrtum sein, ich kann es jederzeit beschwören.« Lena blickte die Beamten fest an. Sie bemühte sich, in die Bewegung, mit der sie die Karte zurückgab, Gelassenheit zu legen.

»Nun, wenn das so ist, dann werden wir jetzt gehen, Fräulein Raven, aber es kann sein, daß wir wiederkommen«, sagte der kleinere.

Und ihr war, als sei das Lächeln, das seine Worte begleitete, das kälteste und grausamste, das sie je gesehen hatte.

Aber mit hoch erhobenem Kopf hielt sie diesem Lächeln stand.

Sie begann erst zu zittern, am ganzen Körper zu zittern, als die Haustür hinter den beiden Herren zuklappte.

Nein. Es war zu ungeheuerlich, was sie dachte. Es war unausdenkbar.

Und doch – es konnte nicht anders sein.

Mama war die Patientin dieses Dr. Quarato gewesen.

Die Dunkelheit des Zimmers war wie eine Wand, die Lena zu erdrücken drohte.

Seit dem Besuch der beiden Beamten von der Kriminalpolizei war sie wie gelähmt. Sie saß regungslos auf dem gleichen Stuhl, auf dem sie gesessen hatte, als die beiden sie mit ihren bohrenden Fragen verhört hatten. Tatenlos hockte sie dort und wartete auf ihre Mutter.

Die alte englische Silberuhr auf dem Kaminsims schlug zehnmal.

Es war nichts Ungewöhnliches, daß Alexandra abends so lange ausblieb, aber zum erstenmal in ihrem Leben begann Lena mit der Genauigkeit eines Chirurgen die Handlungen und das Verhalten ihrer Mutter zu sezieren.

Die häufigen Ausfahrten, von denen sie manchmal heiter und gelöst, häufiger jedoch gereizt zurückkehrte.

Dann die heftigen Zärtlichkeitsausbrüche, unter denen Alexandra ihre Tochter und auch ihren Mann fast erstickte, wenn er zu Hause war und nicht gerade auf einer seiner Forschungsreisen.

Du liebst doch deine Mama, nicht wahr? Du wirst sie immer lieben? Sag mir, daß du für mich sterben würdest, wenn es sein müßte! Und Alexandra bedeckte Lenas Gesicht mit kleinen gierigen Küssen.

Als Kind hatte Lena sich vor diesen Zärtlichkeitsausbrüchen gefürchtet, als junges Mädchen, selbst Liebe suchend und sie vermissend, hatten ihr diese Ausbrüche manchmal ein wenig der Sicherheit gegeben, derer sie so dringend bedurfte.

Lena war auch sicher, daß sich ihre Eltern liebten; aber beinahe ebenso gewiß war, daß sie nicht miteinander leben konnten.

Sie erinnerte sich der heftigen Streitigkeiten, der erhobenen Stimmen, der bösen Anschuldigungen, die sie als Kind nicht verstanden, vor denen sie sich aber instinktiv stets in einen dunklen Winkel des Hauses verkrochen hatte.

Sonderbar, nach diesen Szenen war Mama immer

sanft, so sanft und liebevoll, und dann hielt man es gar nicht mehr für möglich, daß sie ihre Zunge als böse Lanze und ihre Hände als Krallen gebrauchen konnte.

Ja, als Krallen – Lena spürte, wie ihr Röte heiß über den Hals ins Gesicht stieg.

Es war vor knapp anderthalb Jahren gewesen, und sie hatte vorgegeben, es nicht zu bemerken, aber die Wangen ihres Vaters hatten noch deutlich sichtbare Kratzspuren getragen, als sie ihn auf dem Köln-Bonner Flughafen Wahn zu seinem Abflug nach Indien verabschiedeten.

Lena schreckte jäh aus ihren Gedanken, als plötzlich die Kerzen des Kristalleuchters aufflammten.

Geblendet schloß sie die Augen.

»Was sitzt du denn hier im Dunkeln herum? Und warum bist du noch auf?« Alexandra trat rasch näher, sah ihre Tochter mit einem prüfend mißtrauischen Blick ihrer schönen und jetzt doch so kalten Augen an, klappte den flachen silbernen Zigarettenkasten auf, klopfte eine der langen, dünnen türkischen Zigaretten, die sie bevorzugte, auf ihrem Handrücken.

Sie wartete darauf, daß Lena ihr, wie üblich, Feuer gäbe, schnell aufspringend, gehorsam.

Aber Lena blieb sitzen.

»Jemand war hier«, sagte sie und blickte ihre Mutter direkt an.

»Jemand?« fragte Alexandra, deutlich ärgerlich über die Ungenauigkeit.

»Zwei Herren«, sagte Lena und nahm den Blick nicht von dem weißen, schönen Gesicht ihrer Mutter.

»Mach es nicht so spannend«, sagte Alexandra. Sie wandte sich halb ab, gab sich selbst Feuer, inhalierte tief, ließ ihre Rechte über die weitaufgeblühten gelben

Rosen gleiten, die langstielig in der weißen Ming-Vase standen.

»Zwei Herren von der Polizei.«

»Was hast du angestellt, Magdalena?« Alexandras Hand sank herab. Die Finger krallten sich in verhaltener Erregung zusammen.

»Ich? – Nichts«, sagte Lena. »Jemand hat meinen Namen bei einem Arzt angegeben. Bei einem Frauenarzt.«

»Ja – und?«

»Bei einem Arzt, der unerlaubte Eingriffe gemacht hat. Bei einem Doktor Quarato.«

Die Hand Alexandras lag still, mit nach innen gekrümmten Nägeln.

»Und – was hast du den Herren gesagt?«

Lena registrierte, eigentlich ohne es zu wollen, jetzt alles, was ihre Mutter tat, mit einer Schärfe, die ihr selbst fast unheimlich vorkam. So hätte sie bei einer anderen Gelegenheit gewiß nicht den hohen, fast schrillen Ton in der Stimme Alexandras bemerkt, den sie jetzt entdeckte.

Und etwas Merkwürdiges geschah: Die Angst, die dieser schrille Ton verriet, bereitete Lena beinahe Befriedigung.

»Was hast du gesagt?« wiederholte Alexandra noch einmal, und ungeduldig ratschten die langen, gepflegten, perlmuttschimmernden Nägel dieser schmalen Hand über die zarten Blätter der Teerosen.

»Daß ich es nicht war, die bei diesem Arzt gewesen ist«, sagte Lena.

»Wie solltest du auch?«

»Ja, Mama, wie sollte ich auch!«

»Was ist denn das für ein Ton?!« Alexandra fuhr herum. Ihre Augen waren jetzt eng, schwarz und stechend.

»Du warst bei dem Arzt, Mama«, sagte Lena ruhig, ohne Angst – wie früher – vor diesen Augen.

Alexandra starrte sie fassungslos an. Dann begann sie zu lachen. Es war ein hohes, hohles Lachen, mechanisch und – hysterisch.

»Mama, hör auf zu lachen!«

Alexandra verstummte.

Dann trat sie rasch, mit diesen katzenhaft geschmeidigen Schritten, auf Lena zu.

»Was wagst du mir da vorzuwerfen?« schrie sie jäh auf.

»Ich werfe dir gar nichts vor, Mama.«

Alexandras Augen flackerten. Sie sah ihre Tochter schweigend an. Dann wandte sie sich ab, verließ rasch das Zimmer. Ihr leichter, flüchtiger Schritt war auf der Treppe zu hören, dann klappte oben ihre Zimmertür.

Lena saß da, verstört, verängstigt, konnte, wollte es nicht glauben. In Gegenwart ihrer Mutter hatte sie die Kraft gehabt, die Wahrheit herauszufordern, aber jetzt, allein, verließ sie aller Mut.

Sie knipste das Licht aus, verließ ebenfalls den Wohnraum, stieg langsam die Treppe hinauf, betrat ihr Zimmer.

Während sie sich auskleidete, hörte sie ein seltsames Geräusch. Zuerst erkannte sie nicht, was es war. Aber dann wußte sie, daß ihre Mutter weinte.

Alexandra Raven hatte immer bedenkenlos gelebt. Ohne Rücksicht auf die Konsequenzen. Sie hatte das Leben genommen, als gehöre es ihr allein, und alles in diesem Leben sei einzig und allein ihre Sache. Sie hatte hemmungslos gelebt und – geliebt.

Ihr Mann Robert hatte es geahnt, gewußt. Doch er

hatte diese Hemmungslosigkeit auf sich bezogen; hatte Alexandras Eskapaden nicht ernst genommen. Hatte sie als den Ausdruck eines eigenwilligen Charakters gewertet.

Alexandra hatte Freiheit genossen, weil man ihr die Freiheit gab – und weil sie sich die Freiheit nahm.

Doch nun war sie nicht mehr frei.

Sie war eine Gefangene ihres leichtfertigen Lebens geworden, das nun, mit einemmal, so schwer wog; sich unter der Last einer aussichtslos erscheinenden Situation beugte.

Sie erwartete ein Kind – und nicht von ihrem Mann.

Sie brauchte Hilfe – aber diese Hilfe schien es nach Dr. Quaratos Verhaftung nicht mehr zu geben.

Die regionale Tageszeitung hatte schon am nächsten Tag eine Notiz über die Ermittlungen gegen den Frauenarzt gebracht. Und jeder der Ärzte, die Alexandra in den folgenden zwei Wochen aufsuchte, schien vom Schicksal des Kollegen zu wissen – und abgeschreckt zu sein.

Alexandra versuchte ›die Hilfe‹ der Ärzte mit Tränen zu erreichen, mit Appellen an ›die Vernunft‹; sie ließ ihren Charme spielen, ihre Verführungskünste – aber es nützte alles nichts.

Und die Zeit verging so schnell. Viel zu schnell.

Sie rechnete nach. Sie war Ende des dritten Monats. Bald schon im vierten. Mit Haß betrachtete sie sich im Spiegel. Noch war ihr Leib flach, die Hüften schmal. Wie lange noch?

»Warum starrst du mich so an?« fragte sie ihre Tochter mehr als einmal, und die großen grauen Augen des Mädchens schienen sie in stummer Anklage überallhin zu verfolgen.

Und dann kam das Schreiben von der Staatsanwaltschaft. Die Aufforderung an Lena, zur Zeugenvernehmung gegen Dr. Quarato zu erscheinen.

Auf dem Frühstückstisch lag das Schreiben, geöffnet, neben Alexandras Gedeck.

Alexandra las die dürftigen Zeilen. Sie spürte, wie ihr das Herz stockte. Sie knüllte das Papier zusammen, schleuderte es durchs Zimmer.

Und dann brach sie zusammen. Ihr Kopf sank herunter, fiel auf die Tischplatte.

Lena sprang auf, kniete neben ihr, umklammerte ihre Hände.

»Mama», flüsterte sie, »Mama, es ist also wirklich wahr?«

Alexandra nickte stumm, unter Tränen.

Sie saßen zusammen, hielten sich umschlungen, Lena plötzlich voller Mitleid, Alexandra voller Reue.

Ja, Reue. Tränen, echte Tränen der Verzweiflung und des Schuldbewußtseins.

Sie empfand Reue. Bitter, heftig, wie einen körperlichen Schmerz.

»Ich weiß nicht, wie es geschah«, murmelte sie. »Ich weiß nicht, wie ich das tun konnte. Du darfst mich nicht verachten, Lena. Du darfst deine Mutter nicht verachten, mein Kind. Ach Lena, hilf mir …«

»Warum hast du das getan, Mama? Weißt du denn nicht, wie sehr Vater dich liebt?«

»Ich weiß es ja«, stammelte Alexandra. »Ich weiß es ja! Aber warum läßt er mich immer allein? Warum geht er immer wieder fort? Seit anderthalb Jahren ist er wieder in Indien. Ich war so einsam … Ich will ja alles tun – aber dein Vater darf nichts davon erfahren, was passiert ist. Ich – ich liebe ihn doch so!« Die letzten Worte stieß Alexandra gequält hervor. Gequält, weil sie es nicht zugeben wollte, was sie Robert nur in ihren Briefen eingestand – nie, wenn sie zusammen waren. Dieses Zugeständnis der Liebe wollte nicht über ihre Lippen kommen, weil sie keinem Menschen untertan sein konnte. Und sie glaubte, das offene Bekenntnis der Liebe werde sie auf immer zur Sklavin eines gefesselten Lebens machen.

»Wir müssen einen Ausweg finden, Magdalena«, murmelte sie. »Du mußt mir helfen, einen Ausweg zu finden.«

Ja, dachte Lena, wir müssen einen Ausweg finden. Denn ich liebe meinen Vater. Liebe ihn zu sehr. Und ich weiß, daß die Wahrheit ihn töten würde.

V

Lena wartete, bis der letzte Patient die Praxis von Dr. Christoph Bertram verlassen hatte und die Rolläden vor den Fenstern herabgingen.

Lena hatte in den letzten Tagen häufig das Nebenhaus beobachtet, vergeblich hoffend, einmal, nur ein einziges Mal, den jungen Arzt zu erspähen; sein von Sommersprossen übersätes, lustiges und für sie so vertrauenerweckendes Gesicht.

Sie erhob sich jetzt, trat an den Spiegel ihrer Frisierkommode. Sie war sehr blaß, und ihre Augenlider waren gerötet; sie weinte häufig, ohne wirklich etwas dagegen tun zu können.

Aber es war vielleicht gut, daß sie heute so aussah.

Es würde ihre Geschichte, die sie beabsichtigte zu erzählen, glaubwürdiger machen.

Vorsichtig, bemüht, kein Geräusch zu machen, trat Lena hinaus in den Flur.

Sie verharrte auf dem Treppenabsatz, aber aus dem Zimmer ihrer Mutter drang kein Laut.

Sie eilte die Stufen hinab, verließ rasch das Haus.

Außer Atem langte sie vor dem Eingang der Praxis an. Und ehe sie es sich noch hätte anders überlegen können, schellte sie.

Dr. Christoph Bertram öffnete selbst.

Überraschung weitete seine braunen Augen, und dann leuchteten sie auf vor Freude; er lachte.

»Das ist aber ein netter Besuch!« Er streckte ihr beide Hände entgegen.

»Guten Tag, Doktor Bertram«, sagte Lena und hörte selbst, wie unsicher, wie ängstlich ihre Stimme klang.

»Ich hoffe, Sie sind nicht krank? – Doch? Sie fühlen sich nicht gut?« Er hatte sie in die Diele geführt, ließ ihre Hand nicht los, während sie in seine Ordination gingen.

»Bitte.« Mit der freien Hand schob er Lena den weißlackierten Stahlsessel zurück, drückte sie sanft hinein. Erst dann ließ er ihre Hand los, stand abwartend, betrachtete sie mit diesen warmen braunen Augen.

Sie lächelte flüchtig, senkte ihren Kopf.

»Sie müssen mir helfen!« sagte sie dann.

»Sagen Sie mir, was Ihnen fehlt.«

»Ich – ich habe immer so Bauchschmerzen, einmal im Monat. Sie wissen schon. Ich halte es nicht mehr aus. Bitte, geben Sie mir doch Tabletten, ich meine, damit es besser kommt ...«

»Sind Sie schon einmal deswegen untersucht worden?« fragte er behutsam.

Lena nickte stumm.

»Und hat man Ihnen schon einmal etwas deswegen verschrieben?«

Wieder nickte sie. »Manchmal kommt es auch gar nicht, und dann sind die Schmerzen besonders schlimm. Wie jetzt!«

Sie blickte auf und sah, daß sich seine Augen verändert hatten. Das Braun wirkte stumpfer, als habe sich ein Schleier darüber gelegt.

»Ist es wirklich nur das, was Sie zu mir führt?« fragte er. Seine Stimme klang traurig, als habe sie ihn irgendwie verletzt.

»Natürlich!« Sie nickte heftig. Und dann schoß ihr das Blut ins Gesicht, im gleichen Moment, da sie gewahr wurde, was er von ihr zu denken schien.

»Ich habe noch niemals – bei meiner Ehre noch niemals – mit keinem Mann ...«

Sie geriet ins Stammeln, wußte nicht weiter, senkte wieder den Kopf und legte, als könne sie dahinter Schutz finden, die Hände vors Gesicht.

»Verzeihen Sie«, sagte Dr. Bertram leise. »Ich habe es nicht so gemeint.«

Aber er hatte es so gemeint. Sie wußte es.

Genau wie die Polizeibeamten glaubten, *sie* sei bei diesem Dr. Quarato gewesen wegen eines unerlaubten Eingriffs.

Aber sie hatte doch keine Schuld.

»Ich werde Ihnen Tabletten verschreiben«, sagte Dr. Bertram. »Sie werden Ihnen den monatlichen Zyklus erleichtern.« Sie spürte die Wärme seiner Hand auf ihrer Schulter.

Sie wünschte, er hätte diese Hand nie mehr von ihrer Schulter genommen.

Bertram trat hinter den Schreibtisch, zog den Rezeptblock heran, schrieb rasch etwas auf.

Dann lächelte er Lena an, und die braunen Augen waren wieder so warm und so freundlich wie zuvor. »Wenn es nicht hilft, kommen Sie noch einmal zu mir, nicht wahr?«

»Ja, natürlich«, sagte sie schnell.

»Und vielleicht –«

Aber Lena wartete vergebens, was er hatte hinzufügen wollen. Sie konnte nicht wissen, daß er einfach nicht den Mut aufbrachte, sie um ein Wiedersehen zu bitten, und zwar nicht als seine Patientin, nicht als ein Mensch, der mit seinem Leid zu ihm kam, sondern als junge, liebenswerte, schutzbedürftige Mädchen, das sie war.

Dr. Bertram brachte Lena zur Tür; er schien zu zögern, sie gehen lassen zu wollen. »Es scheint ein schöner Sommer zu werden«, sagte er und sog schnuppernd den warmen Atem des Nachmittags ein.

»Ja, es wird ein schöner Sommer werden«, antwortete sie.

»Treiben Sie Sport?«

Lena schüttelte den Kopf.

»Dazu habe ich keine Zeit.«

»Aber Ihre Mutter spielt doch Tennis.«

»Ja, natürlich. – Sie tut es, um in Form zu bleiben«, fügte Lena arglos hinzu.

»Aber Sie gehen doch sicher schwimmen?«

»Ja, manchmal. Wenn ich darf.«

»Vielleicht könnten wir mal zusammen schwimmen gehen?«

»O ja!« Sie legte rasch die Fingerspitzen auf den Mund, als könne sie die Worte wieder zurückzwingen.

Es machte Lenas Herz zittern, als sie sah, daß Dr. Bertram auch erröten konnte.

Dann lachte er leise und sagte: »Am ersten heißen Tag hole ich Sie ab.«

Sie war schon an der Tür seiner Praxis; ihre Hand lag schon auf der Klinke. Da sagte er: »Lena, wollen Sie mir nicht doch noch die Wahrheit sagen?«

Er hatte sie Lena genannt, ganz selbstverständlich, ganz ruhig, als sei es nur natürlich. Aber auch bittend.

Sie wandte sich langsam ihm zu, ganz langsam – es mochten seine Augen sein, die sie dazu zwangen, diese braunen, warmen Augen in dem plötzlich blassen Gesicht. Und – die Sommersprossen sahen in diesem Moment gar nicht mehr lustig aus.

»Ich weiß nicht, was Sie meinen«, flüsterte sie, und ihr Mund war ganz trocken. Ihre Oberlippe war steif, als sei sie gerade erst von einer Zahnbehandlung gekommen.

Er streckte seine Hand aus, und die Nägel seiner Finger waren wie blasse, schmale, glatte Muscheln. Lena sah eine winzige Narbe an seiner Zeigefingerkuppe, und sie sah das blaue Geäst der Adern auf dem Rücken der Hand, ehe sie sich um ihr Kinn legte, ihren Kopf hob.

»Ich möchte Ihnen helfen«, sagte er. »Sie brauchen nichts weiter tun, als mir zu erzählen, was Sie bedrückt.«

»Mich bedrückt doch nichts«, murmelte sie und spürte, daß ihre Lippen zuckten.

Sie konnte ihre Augen nicht von seinem Gesicht wenden.

»Bitte, lassen Sie mich gehen«, flüsterte sie.

»Warum willst du dir nicht helfen lassen?« fragte er.

»Bitte, da ist nichts.« Sie mußte all ihren Mut, all ihre

Kraft zusammennehmen, um ihre Stimme glaubwürdig und gleichgültig klingen zu lassen.

»Ich weiß wirklich nicht, was Sie meinen.«

Seine Hand ließ ihr Kinn los, und er stand mit einemmal mit hängenden Armen vor ihr und sah plötzlich sehr müde aus.

»Gut, dann habe ich mich eben geirrt«, sagte er flach.

»Ja, das haben Sie«, antwortete sie. »Auf Wiedersehen, Doktor Bertram.«

»Auf Wiedersehen, Fräulein Raven.«

Sie trat hinaus in den blendenden Sonnenschein.

Und im gleichen Moment hätte sie sich am liebsten umgewandt, wäre zurück in das ruhige, kühle Haus gestürzt, hätte sich am liebsten an Christoph geklammert, das Gesicht in das rostbraune Tweedjackett verborgen und gebettelt: Ja, hilf mir, hilf meiner Mutter, hilf mir, hilf uns allen.

Du bist Arzt. Du könntest ihr das ungeborene Kind nehmen; das Kind, das Unglück und Schmerz und meinem Vater vielleicht den Tod bringen kann. Denn er wird es nie verwinden, daß meine Mutter ihn betrog. Er nicht.

Und denk auch an uns, Christoph. Denk an mich. Ich weiß nicht, wie die Liebe zwischen Mann und Frau ist, aber du, du könntest es mich lehren.

Laß mich nicht gehen. Laß mich nicht fort. Mutter will mit mir in die Schweiz. Seit Tagen schon redet sie von nichts anderem – mit einer fiebrigen Zuversicht. Ich weiß nicht, was sie dort will. Aber ich habe Angst, Christoph, ich habe Angst.

Aber Lena sagte nichts dergleichen.

Sie schritt den Gartenpfad hinab, durch die Gartenpforte, über den Bürgersteig.

Erst im Eingang ihres Elternhauses wandte sie sich noch einmal um.

Die dunkelbraune Tür von Christophs Praxis war geschlossen. Im gleichen Augenblick erkannte Lena, daß sie einen entscheidenden Fehler gemacht, indem sie Christoph die Wahrheit verschwiegen hatte.

Es sollte ein Fehler sein, der nie wiedergutzumachen war.

Wie angewurzelt blieb Lena auf der Zimmerschwelle stehen, starrte ihre Mutter an.

»Mama!« Sie brachte kein weiteres Wort mehr über die Lippen.

Alexandra lag auf dem Bett, die gelbseidenen Laken hingen zerknittert herab, das Kissen war ungeschickt in ihren Nacken gestopft.

Wirr hing ihr Haar auf die nackten Schultern, und die Augen brannten in einem seltsamen Glanz.

Die Kognakflasche auf dem Nachttisch war halb geleert, das Glas lag auf dem ambrafarbenen Velourboden in einer dunklen Lache.

»Aber Mama«, murmelte Lena verstört.

»Was glotzt du mich so an? Komm rein oder bleib draußen! Aber mach die Tür zu. Es zieht.«

Die safranfarbenen Vorhänge bauschten sich im Wind, flatterten gegen die riesige Kristallvase mit den wachsgelben Rosen.

Lena gehorchte, schloß die Tür, trat zögernd zum Bett.

»Was willst du?« fragte Alexandra.

»Ich war bei einem Arzt.«

»Und?«

»Ich habe ein Rezept bekommen. Tabletten. Sie helfen – wenn das nicht pünktlich kommt. Ich dachte –«

»Zeig her!« Alexandra streckte fordernd die Hand aus.

Lena legte die kleine rote Medikamentenschachtel hinein.

Ihre Mutter warf einen Blick darauf, schleuderte sie dann ins Zimmer.

»Als wenn das was helfen würde! Ist dir nichts Besseres eingefallen?«

»Mama«, flüsterte Lena.

»Was ist noch?«

Lena schluckte, schüttelte den Kopf. »Nichts, Mama.«

»Dann laß mich allein.«

»Aber –«

»Hörst du nicht, du sollst mich allein lassen. Verflucht noch mal!«

Lena lief aus dem Zimmer, als werde sie von Furien gejagt.

Unten im Wohnzimmer hockte sie sich auf die Couch, zog die Beine an, kroch in sich zusammen wie ein Kind, das sich im Dunkeln fürchtet.

Sie weinte nicht. Konnte nicht weinen. Da war nur dieses schreckliche Zittern, das sie vom Kopf bis zu den Zehen schüttelte.

Alexandra trank drei Tage lang.

Wahllos. Kognak, Whisky, Champagner, was eben die Kellerbar ihres Mannes hergab.

Alexandra aß nicht und schlief nicht. Sie trank.

Und sie schrie. Sie verfluchte sich selbst, sie verfluchte Robert, ihren Mann in Indien, sie verfluchte Charly, ihren Geliebten, der sie ins Unglück gebracht hatte, und sie verfluchte Lena, verfluchte die Unschuld ihrer Tochter.

Sie riß die safranfarbenen Vorhänge ihrer Fenster herunter, weil sie glaubte, ersticken zu müssen. Sie zerschlug die Kristallbehälter auf ihrem Toilettentisch, zerfetzte die Rosen, weil sie nichts Schönes mehr um sich ertragen konnte.

Und sie schlug Lena, als diese versuchte, wenigstens die Laken des Bettes zu wechseln.

Sie hämmerte in das weiße, unschuldig-büßende Gesicht ihrer Tochter, bis es unter den Malen ihrer Hände anschwoll.

Lena wehrte sich nicht. Kein Laut kam über ihre zusammengepreßten Lippen, mit hängenden Armen ließ sie es geschehen.

Danach endlich fiel Alexandra aufs Bett.

Danach endlich war sie erschöpft, konnte sie schlafen.

Und als sie erwachte, hatte alles nichts genützt.

Sie war schwanger wie zuvor.

Alexandra schleppte sich ins Bad.

Sie wusch sich Gesicht und Hände, rang unter dem eiskalten Wasser nach Luft.

Was habe ich getan! O mein Gott, was habe ich getan!

Sie hatte nichts von dem vergessen, was in den drei Tagen geschehen war.

Magdalena, meine kleine, unschuldige, süße Tochter.

An der Wand tastete sie sich den Flur entlang zu Lenas Zimmer, klopfte demütig an.

Sie streckte die Arme nach ihrer Tochter aus.

»Mein armes Kind, mein armes, armes Kind. Verzeih mir. Verzeih deiner armen Mutter, die nicht wußte, was sie tat.«

Sie umklammerte die schmalen Schultern ihrer Tochter. Sie bedeckte das stumme, ausdruckslose Gesicht mit ihren Küssen.

»Du mußt mir verzeihen, hörst du. Du mußt einfach. Alles wird gut. Glaub mir. Ich verspreche es.«

»Ja, Mutter«, sagte Lena, aber in ihrer Stimme war nichts von diesem verlangten Glauben. Doch sie mußte glauben – wenn schon nicht um ihrer selbst willen, dann um ihres Vaters willen.

VI

Eben noch war der Himmel blau gewesen, von einem fernen, hohen, von der Sonne stets ausgebleichten Blau.

Jetzt ballten sich die Wolken über den nordindischen Bergen zusammen, schwarz, tiefhängend, jäh den Tag verdunkelnd. Und hinter ihnen sprang der Wind auf, trieb sie mit seinen Böen wie mit Peitschenhieben über dem Tal von Chadura zusammen.

Auf den Weiden begannen die buckligen Rinder zu blöken.

Die mageren, von der ewigen Hitze, von Unterernährung und Fieber ausgemergelten Bewohner des Dorfes, Männer, Frauen und Kinder, strömten auf die lehmgestampfte Straße, lachten, sangen, beteten, tanzten und sprangen.

Der Regen kam, der große Regen nach der schrecklichen Zeit der Dürre.

Die indischen Arbeiter der deutschen Forschungsstation von Chadura warfen ihre Hacken und Schaufeln hin.

Ein paar von ihnen, strenggläubige Hindus, fielen

auf die Knie, berührten den trockenen, von der Sonne ausgemergelten Boden mit ihren schweißigen Stirnen.

»Der Regen kommt! Dank den Göttern, der Regen kommt!«

Und dann prasselte der erste Regen herunter.

Harter Regen, die Haut rötend, wohin er traf, schmerzend wie Nadeln aus Glas.

Robert Raven flüchtete sich in den Jeep. Aber schon nach wenigen Minuten war die Plane durchnäßt, lief der Regen hindurch wie durch ein groblöcheriges Sieb.

Der Motor sprang nicht mehr an.

Indrhu, der Vorarbeiter, wollte sich ausschütten vor Lachen.

»Hat keinen Zweck, Sahib. Das Wägelchen läuft nicht mehr. Der Regen hat es betrunken gemacht.«

»Du hast recht«, sagte Raven, »da ist nichts mehr zu machen.«

Er stieg aus dem Jeep. Er machte sie zu Fuß auf den Weg durch den Urwald zu seinem Bungalow.

Mit dem Regen war die Temperatur gestürzt. Es war von einer Minute zur anderen bitterkalt. Als Raven bei seinem Haus anlangte, konnte er sich kaum mehr auf den Füßen halten. Wilder Schüttelfrost ließ seine Zähne klappern.

In der Diele warf er seine Kleider ab. Sein Diener Amrah hatte heißes Wasser vorbereitet, gewärmte Tücher.

Mit geübten Händen rieb er seinen Herrn ab.

Er brachte mit heißem Wasser gefüllte Tonkrüge, schob sie zwischen die schon klammen Laken des Bettes.

Raven zog die Decke bis unters Kinn herauf. Aber seine Zähne schlugen immer noch aufeinander.

»Ist Nachricht gekommen, wann das Flugzeug eintrifft?« fragte er.

Amrah bewegte verneinend den Kopf. »Das Flugzeug kommt nicht mehr, Sahib. Nicht mehr während des großen Regens.«

Der Diener machte eine Handbewegung zum Fenster hin, über das unablässig der Regen rann. »Der Schlamm, Sahib, im Schlamm kann es nicht landen.«

Raven wandte das Gesicht zur Wand. Er biß die Zähne aufeinander und schloß die Augen.

Natürlich nicht, dachte er. In diesem verfluchten Tal, das nur eine Lehmpiste als Rollbahn besitzt, kann kein Flugzeug mehr landen.

Er lag da, und auf der Leinwand seiner geschlossenen Lider malte sich die Eintönigkeit der gerade beginnenden trostlosen Regenzeit ab.

Keine Nachricht von der Außenwelt, keine Post.

Keine Nachricht von Alexandra aus Deutschland mehr, keine Post von Frau und Kind.

Und die Reue, daß er nach Alexandras letztem Brief und den anonymen Zeilen, die ihm folgten, die Alexandra des Ehebruchs verdächtigten, nicht nach Hause zurückgekehrt war.

Jetzt mußte er mit dem Zweifel leben, der nagenden Angst, daß er Alexandra vielleicht für immer verloren hatte.

Aber konnte er seine Aufgabe hier im Stich lassen? Die Menschen, diese armen geplagten Geschöpfe der zornigen Götter Indiens? Konnte er einfach alles hinwerfen, aus purem Egoismus?

Und da war nicht nur die Trockenlegung der Sümpfe von Chadura, die ihn an das Tal in Assam band, nicht nur der Bau der Brücke, die vielleicht schon in den nächsten Wochen vom Regen weggeschwemmt würde. Da war auch noch etwas anderes, das ihn hier gehalten hatte, noch hier hielt!

Da war die Akte HA 1 mit den ersten Ergebnissen seiner chemischen Untersuchungen der Rinde des Habutabaums.

Ein Mittel zur Krebsbekämpfung.

Es gab kaum noch einen Zweifel.

Aber um sicherzugehen, mußte er die Experimente noch weiter verfolgen. Er hatte einen Arbeiter mit einer großen Geschwulst am Unterkiefer mit der Salbe behandelt, die er aus der Habutarinde gewonnen hatte. Die Geschwulst war zurückgegangen. Eine Gewebeprobe, völlig neutral zur Untersuchung nach Kalkutta eingeschickt, hatte ergeben: Krebs.

Und die Geschwulst war zurückgegangen!

Immer wieder hämmerte der Gedanke in seinem Kopf.

Immer wieder sah er seine Mutter vor sich, die schöne Agnes Raven, die mit 48 Jahren an Brustkrebs gestorben war. Und immer wieder sah er Alexandra vor sich. Sollte ihre Schönheit eines Tages durch diese heimtückische Krankheit zerstört werden? Wenn er nun, Robert Raven, hier das Mittel finden konnte, das allen Frauen helfen würde …

Mein Gott.

Alexandra und Lena und all die anderen Frauen.

Nein, er durfte nicht klein beigeben. Er mußte hierbleiben, mußte weiter forschen, bis er sicher war, ganz sicher …

Er mußte geschlafen haben.

Eine Hand rüttelte vorsichtig an seiner Schulter, machte ihn wach.

»Alexandra«, murmelte er, aber es war Amrahs dunkles Gesicht, mit weit aufgerissenen Augen, das sich über ihn beugte.

»Sahib! Ein großes Unglück! Komm schnell. Komm schnell. Das Labor!«

Raven schwang die Beine aus dem Bett, taumelte, als er die Füße auf den Boden setzte.

Er schlüpfte in die Khakishorts, das Sporthemd, das Amrah ihm hinhielt.

Sie liefen hinaus und waren in Sekunden bis auf die Haut durchnäßt.

Das Labor befand sich in einer Wellblechhütte auf einer Lichtung unweit des Bungalows.

Vielmehr – es hatte sich dort befunden.

Wo die Baracke gestanden hatte, direkt am Ufer eines winzigen Bächleins, grollte jetzt braun dröhnend ein schlammiger Fluß.

Robert Raven blieb wie erstarrt stehen.

Von dem Labor ragten gerade noch zwei Balken wie mahnende Finger in den peitschenden Regen.

»O nein ...«, flüsterte Raven.

»Es sind die Götter, Sahib«, murmelte Amrah, »sie wollen nicht, daß du –«

»Halt deinen Mund!« schrie Raven außer sich.

Die Akte mit seinen Krebsforschungen!

»Wir müssen den Kanister suchen, Amrah, den Blechkanister mit den Aufzeichnungen über die Habutarinde!«

»In diesem Regen, Sahib? In diesem wilden Strom?«

»Jawohl«, schrie Raven, »und wenn ich es allein tun müßte, mit bloßen Händen!«

VII

In der Ersten-Klasse-Kabine der Caravelle war kaum etwas vom Dröhnen der Motoren zu hören; sanft, als gleite sie auf unsichtbaren Schienen, flog die Maschine südwärts.

Champagner wurde zum Lunch serviert, kleine, mit körnigem grauem Beluga-Kaviar belegte Kanapees.

»Nun, wie gefällt dir das?« flüsterte Alexandra. Ihre Augen leuchteten, ihr Gesicht war so schön, so zart, so glücklich. »Habe ich es dir nicht versprochen – es wird eine herrliche Reise werden.«

»Ja«, sagte Lena folgsam und zwang sich zu einem Lächeln.

Kein Wort von dem eigentlichen Sinn dieses Fluges in die Schweiz, von Alexandras Besuch in einer teuren, vornehmen und diskreten privaten Frauenklinik.

»Aber wenn nun inzwischen die Polizei nach uns fragt? Du solltest doch zu einer Vernehmung kommen?« flüsterte Lena. »Können sie Schwierigkeiten machen?«

»Du Schäfchen«, lächelte ihre Mutter.

»Ich habe natürlich den Kommissar um Vernehmungsaufschub gebeten.«

»Aber –«

»Es gibt kein Aber«, sagte Alexandra bestimmt.

»Im übrigen bleiben wir ja vorläufig in der Schweiz – vergiß alles andere.«

»Mademoiselle, Sie trinken ja gar nichts von Ihrem Champagner«, lächelte die Stewardeß neben ihnen. »Möchten Sie etwas anderes haben?«

»Nein, danke«, sagte Lena.

Sie glaubte, die Augen des Mannes mit den weißen

Haaren von der anderen Seite des Ganges auf sich zu spüren.

Sie wandte den Kopf.

Aber er sah sie gar nicht an. Er starrte nur Alexandra an.

Natürlich, ihre Mutter.

Errötend senkte Lena den Kopf vor der Nacktheit seines Blicks.

Sie landeten in Zürich, und bei der Gepäckabfertigung war der Mann mit den weißen Haaren an ihrer Seite.

»Frau Raven, nicht wahr?«

Sie zuckten beide zusammen, Alexandra und Lena.

»Ja?« Fragend hoben sich Alexandras Brauen, die wie Vogelschwingen ihre Augen beschatteten.

»Sie erinnern sich nicht mehr an mich?«

Stumm sah Alexandra ihn an.

»Der letzte Presseball in Bonn ... Sie trugen einen weißen Sari.« Er lächelte nur mit den Augen. Es waren fast schwarze Augen, die in ihrem jugendlichen Ausdruck in seltsamem Kontrast standen zu seinem weißen Haar. Er verbeugte sich leicht. »Rothenburg, Matthias Rothenburg.«

Lena beobachtete ihre Mutter genau.

Und was sie sah, ließ wieder die Furcht in ihr aufkeimen, diese Angst, die sie in den Tagen und Wochen verfolgt hatte, seitdem sie wußte, daß ihre Mutter ihren Vater betrogen hatte.

Die schleichende Furcht, einfach zu viel zu sehen, zu viel zu hören –

Noch mehr zu entdecken, noch Schlimmeres als diesen einen Fehltritt, den Alexandra ihr eingestanden hatte.

Sie sah, daß Lüge und Wahrheit in Alexandra einen erbitterten Kampf ausfochten. Die Lüge – abzustreiten, diesen Mann überhaupt zu kennen.

Doch Lena wußte die Wahrheit schon, ehe Alexandra die Lippen auftat.

»Aber natürlich, Matthias«, lächelte Alexandra. Das Lächeln sollte herzlich sein, aber es war gequält.

Er beugte sich über Alexandras Hand, küßte sie. Er hielt die Hand länger in der seinen als nötig, schien es Lena.

»Das ist meine Tochter«, sagte Alexandra schließlich.

»Charmant, charmant«, lächelte Rothenburg.

»Was führt Sie in die Schweiz, liebe Alexandra?« fragte er, und sein nackter Blick forschte ungeniert in Alexandras Gesicht.

Röte stieg in ihre Wangen.

»Wir wollen, ach wissen Sie, Matthias, wir wollen einfach ein paar Tage Ferien machen.« Und, mit einem Blick auf Lena, der keinen Widerspruch duldete: »Meine Tochter ... sie ist ein bißchen mit den Nerven runter, das Kind, sie braucht Erholung.«

»Wo fahren Sie hin?« fragte Rothenburg.

Was geht es ihn an? dachte Lena und wunderte sich, daß ihre Mutter sich so examinieren ließ.

Alexandra zupfte unsicher an ihren Handschuhen.

»Ich ... Wir wollten unter Umständen ...«

»Ich sehe, Sie haben noch gar keine richtigen Pläne gemacht, nicht wahr?« lachte Rothenburg. Es war ein seltsam metallisches Lachen, das an den Nerven zerrte.

»Doch, doch«, stieß Alexandra hervor.

Und ob wir Pläne haben, dachte Lena bitter. Die Pläne, ein Ungeborenes das Licht der Welt nie erblicken zu lassen.

»Nein, nein, so leicht entkommen Sie mir nicht! Wissen Sie was – Sie fahren mit mir zu meinem kleinen Château! Es ist nur eine Autostunde von Zürich entfernt. Der Tag ist noch jung, Sie können sich von Ihrem Flug erholen, wir können ein bißchen plaudern, und dann können wir immer noch sehen, was wir miteinander anstellen.«

Rothenburgs Blick war so nackt, so gierig und so besitzergreifend auf Alexandra gerichtet, daß Lena direkt erschauderte.

Unsicher lachte Alexandra auf.

Fest nahm Rothenburg ihren Arm.

»Kommen Sie!« Es war mehr ein Befehl als ein Wunsch.

Und mit einemmal wußte Lena – mit einer Klarsichtigkeit, die ihr früher nie zu eigen gewesen wäre –, dieser Mann hat meine Mutter in der Hand.

Auch er ...

Das Château befand sich eine Autostunde von Zürich entfernt. Es klebte an der Flanke des Rüschler Berges, wie ein Falkennest.

Überhängende Felsen schützten es im Sommer vor Steinschlägen, im Winter vor Lawinen.

Und es war wie eine Festung gebaut.

Eine schwere Eichentür verbot jedem Unbefugten Eintritt, die Fenster waren vergittert.

Mathias Rothenburg wußte dies während des gemeinsamen Abendessens mit einem beschwichtigenden Lächeln zu erklären.

»Der Erbauer dieses Hauses hatte ein irrsinnige Frau. Aber er liebte sie, und er wollte sie nicht in eine Anstalt bringen. Daher traf er Vorkehrungsmaßnahmen, daß ihr hier nichts geschehen möge.«

»Starb sie hier?« fragte Alexandra, und dieses Lächeln glitt um ihre Lippen, dieser Glanz trat in ihre Augen, der ihr solch grausame Schönheit verlieh.

»Sie zwängte sich durch eine Dachluke, die als einzige nicht vergittert war, und stürzte sich zu Tode«, antwortete Rothenburg.

Lena starrte auf ihren Teller, auf das zartrosa Roastbeef, das sie kaum angerührt hatte. Sie mußte schlukken. Wie konnte dieser Mann so gelassen von so schrecklichen Dingen reden?«

»Haben Sie die Ärmste gekannt?« fragte Alexandra.

»Sie war meine Schwester«, sagte Rothenburg ruhig.

Einen Moment lang war es so still, daß Lena das Flakkern der Kerzen zu hören glaubte, die ihren gelben Schein auf den schönen weißen Damast, das schwere alte Silber warfen.

Lena legte endgültig ihre Gabel aus der Hand. »Wird es nicht Zeit, Mutter, daß wir zurück nach Zürich fahren?« fragte sie und hörte selbst, wie ihre Stimme zitterte.

»Aber Lena, Herr Rothenburg war so freundlich, uns einzuladen, uns überhaupt so behilflich zu sein. Nun wollen wir doch nicht unhöflich werden ...« Es sollte wie eine liebenswürdige Mahnung klingen, aber da war ein stählerner, entschlossener Unterton, den Lena nur zu gut kannte.

»Ich verstehe, Mama.« Sie erhob sich, ohne aufzublicken. Sie murmelte eine Entschuldigung und ging rasch nach draußen.

In der Diele brannte wie in dem großen Wohnraum ein flackerndes Kaminfeuer. Es warf bizarre Schatten auf die klösterlich weißgekalkten Wände.

Alte, hochlehnige Stühle standen dort. Der Boden war mit roten Kacheln gefliest.

Und – die Koffer fehlten. Ihre Koffer fehlten!

In plötzlich aufwallender Furcht wollte Lena in den Wohnraum zurücklaufen.

Doch da tauchte aus dem Hintergrund der Diele, von dort, wo Lena die Küche vermutete, die alte, verwachsene Frau auf.

»Sucht das gnädige Fräulein etwas?« fragte sie mit dieser brüchig-heiseren Stimme und blickte Lena mit diesen vom Alter ausgeblichenen Vogelaugen unterwürfig an.

»Unsere Koffer. Wo sind unsere Koffer?«

»Der gnädige Herr hat Anweisung gegeben, sie nach oben zu schaffen.«

»Aber –«

»Wenn das gnädige Fräulein sich die Hände waschen möchte – hier, bitte!« Die Alte faßte Lenas Arms mit überraschend harter Hand, drehte sie halb um sich selbst einer schmalen braunen Tür zu.

»Und der Kaffee kommt auch gleich. Er wird im Salon serviert.«

In dem weißgekachelten, kleinen Raum zeigte der Spiegel Lena ihr furchtverzerrtes Gesicht.

Sie berührte ihren Mund, ihre Wangen mit den Fingerspitzen. Sie waren ganz taub.

Mein Gott, dachte sie, warum tut Mutter das? Mit diesem Mann in sein Haus zu fahren. Mit einem Mann, der sie offensichtlich begehrt, der vielleicht schon einmal …

Ihre Gedanken verwirrten sich, übrig blieb nur instinktive, panische Furcht vor der Enthüllung weiterer Geheimnisse aus Alexandras Leben, die sie nicht mehr ertragen konnte.

Als Lena in die Diele zurückging, hörte sie die Stimme ihrer Mutter. Die Tür zum Salon stand einen Spalt weit auf.

»Sie ist ein liebes, aber ein naives Kind ...« Das konnte nur ihr gelten!« Aber –«, und da wurde die Stimme ihrer Mutter ganz klein, ganz hilfsbedürftig, »sie hat mir großen Kummer gemacht, sehr großen Kummer ...«

Lena preßte sich an die Wand neben der Tür. Sie wagte kaum mehr zu atmen.

»Wenn Sie mir Vertrauen schenken würden, Alexandra, vielleicht könnte ich Ihnen helfen«, hörte sie die Stimme Rothenburgs.

»Ich möchte Sie nicht damit belasten, Matthias. Sie sollen nicht denken, daß ich eine hilflose Person bin. Aber es ist schwer, ein Kind praktisch ganz allein aufzuziehen. Und dazu eine Tochter. Sie ist jetzt in einem Alter ... Die ersten Männerbekanntschaften, ach, wenn es noch ein Mann gewesen wäre! Aber ein dummer Junge ...« Alexandras Stimme verlor sich, ein Laut wurde hörbar, der einem Schluchzen glich. »Magdalena ist ein liebes Kind, aber sie hat mich bitter enttäuscht!«

Lena preßte die Hand vor den Mund, um nicht vor Qual aufzuschreien.

So war das also! Das war es, was ihre Mutter bezweckte!

Sie sollte so tun, als ob sie, Lena ...

Und sie wollte Rothenburg offenbar ausnutzen, ihn einspannen, ihn, der sich selbst als einen Mann mit den besten Beziehungen bezeichnet hatte.

Und ihre Mutter hatte schon ihre Fangleinen ausgelegt. Fangleinen, die von dem Rabenhaar und den großen unschuldigen Augen, von den schutzbedürftigen Schultern und diesem schönen Körper ausgingen, und in denen sich Matthias Rothenburg bereits verstrickt hatte.

Lena wußte nicht mehr, was sie tat. Sie wußte nur eins: Sie mußte fort von hier. Fort von ihrer Mutter, von Rothenburg, fort von allem.

Sie stürzte zur Haustür.

Sie rüttelte an dem schweren Eisengriff.

Aber die Tür ging nicht auf. Zitternd, plötzlich bar jeder Kraft, lehnte sich Lena gegen das harte Holz.

Hinter sich hörte sie die schnellen Schritte ihrer Mutter.

Und dann ihre Stimme: »Sehen Sie, das versucht sie mir anzutun! Sie will weglaufen. Es ist ja nicht das erste Mal!«

Und dann die Hände Rothenburgs, die sie packten. Sein Gesicht unter dem weißen Haar. Seine Augen erfüllt von Zorn und etwas anderem, das Lena nicht kannte; das sie nicht zu bezeichnen wußte.

»Bringen Sie Lena nach oben, Matthias«, hörte sie wieder die Stimme ihrer Mutter eifrig und dann ganz sanft: »Vielleicht gelingt es Ihnen, sie zur Vernunft zu bringen.«

»Wir werden ihr helfen«, sagte Rothenburg, und zu Lena gewandt: »Nun seien Sie vernünftig, mein Kind. Das ist natürlich alles nicht so einfach für Sie, aber ich werde Ihnen – Ihrer Mama zuliebe – schon aus dem Dilemma helfen.«

Lena riß sich los.

Sie starrte ihre Mutter entsetzt und ungläubig an.

Sie wollte es ihr ins Gesicht schleudern – du warst es doch, du willst doch nur, daß er dir hilft –

Aber da sah sie die Augen ihrer Mutter.

Und zum erstenmal seit dem Bekenntnis des Fehltritts, das Alexandra ihr gegenüber abgelegt hatte, sah Lena, daß ihre Mutter entschlossen war, den Kampf aufzunehmen, wenn es sein mußte. Zu lügen und zu betrügen und sie, die eigenen Tochter, zu quälen, bis aller Widerstand erlöschen mußte.

Lena wußte, worum es ging – ihre Mutter wollte Rothenburgs Hilfe.

Und sie selbst hatte sich einverstanden erklärt, mit ihrer Mutter in die Schweiz zu fahren, um ihr zu ›helfen‹.

Was blieb Lena jetzt anderes übrig, als das Spiel mitzuspielen?

Es ging ja nur um eine Adresse; um einen guten Arzt. Um eine Empfehlung an die diskrete Frauenklinik, zu der sie wollten. Um nichts mehr.

Oder doch?

Ging es vielleicht auch noch um den Preis, der dafür gezahlt werden sollte?

Blitzartig schossen diese Gedanken durch Lenas Kopf.

»Nun?« fragte Alexandra, und mütterliche Güte lag in ihrer Stimme, und sie sah so schön aus, daß ihr niemand etwas Übles zugetraut hätte.

»Es ist gut, Mama«, sagte Lena resigniert. »Wir bleiben hier.«

»So ist es recht«, lachte Rothenburg.

Eine halbe Stunde später lag Lena allein in ihrer Kammer. Der Wind hallte um das Château. Sonst war nichts zu hören.

Nur einmal, in der Nacht, als sie aufwachte, glaubte sie das Klirren von Gläsern, das Dudeln von Musik und das Lachen ihrer Mutter zu vernehmen.

Sie erhob sich, streifte ihren Bademantel über, schlich zur Tür, drückte die Klinke nieder.

Aber die Tür war abgeschlossen.

Am nächsten Morgen um elf brachte Rothenburgs Chauffeur Alexandra Raven und ihre Tochter nach Zürich zurück.

Alexandra war sehr blaß. Sie hatte Schatten unter den Augen, und ihr Lächeln beim Abschied war ein Lächeln der Scham gewesen.

Doch Rothenburg hatte voller Triumph gelächelt.

Während der Fahrt berührte Alexandra Lenas Hand. Ihre Finger waren eiskalt.

Lena zuckte zurück.

»Ich hab's«, flüsterte Alexandra. »Ich hab' die Empfehlung.«

»Und was hast du dafür bezahlt?« stieß Lena hervor.

Alexandra starrte ihre Tochter sprachlos an. Dann begann sie lautlos zu weinen.

Der schwere englische Wagen glitt über die Züricher Seepromenade. Lena Raven blickte auf den grünlivrierten, breiten Rücken des Chauffeurs, den festen Nacken unter der flachen Tellermütze, gewiß ein vertrauenerweckender Mann – und doch, Lena war es, als befinde sie sich auf einer Achterbahn und als müßten sie geradewegs in einen Abgrund rasen.

»Du hast also die Adresse?« fragte sie tonlos.

»Ja, dem Himmel sei Dank!« Noch schimmerten Tränen in den langen, dichten Wimpern, aber ihre Mutter lächelte schon wieder.

»Und was willst du dort tun, in dem kleinen, vornehmen, diskreten Krankenhaus?« Qualvolle Ironie machte Lenas Stimme schrill.

»Frag doch nicht so dumm.« Alexandra strich sich mit einer ungeduldigen Gebärde durch ihr glattes schwarzes Haar hinter die Ohren. Sie zog die flache altoledanische Puderdose, die Robert ihr zum zehnten

Hochzeitstag geschenkt hatte, und prüfte in dem runden Spiegel ihr Make-up. »Zehn Tage, mein Schatz, und wir sind alle Sorgen los.«

»Du willst also wirklich das Kind –«

»Schscht«, zischte Alexandra. Zwischen ihre geschwungenen Brauen grub sich eine tiefe, ärgerliche Falte ein. Sie machte eine Handbewegung zu dem Chauffeur hin. »Es geht doch niemanden etwas an.«

Nein, dachte Lena hilflos vor Bitternis, hilflos vor Qual. Nein, es geht niemanden etwas an. Im Grund nur meine Mutter.

Aber das beruhigte das Gewissen des Mädchens nicht.

Ich müßte es verhindern, dachte sie, weil es ein Verbrechen ist. Ein Verbrechen an ungeborenem Leben.

Aber ich darf es nicht verhindern, weil es das Kind des Geliebten meiner Mutter ist, und weil ich meinem Vater diesen Schmerz, diese Schande ersparen muß.

»Mach nicht solch ein Gesicht«, sagte Alexandra. »Vergiß nicht, wir sind zu unserem Vergnügen in Zürich. Und man kennt mich im ›Esplanade‹.«

Man kannte Madame Raven in diesem Hotel sehr gut. Man küßte ihre Hand und erkundigte sich nach dem Wohlergehen des Herrn Gemahls. Ein so berühmter Mann, ein so bedeutender Forscher. In Indien war er zur Zeit? Wie interessant! Oh, man würde alles tun, um Madame den Aufenthalt im ›Esplanade‹ so angenehm wie möglich zu gestalten. Und selbstverständlich erhielt sie die gewohnten Räume mit Blick auf den See ...

Alexandra ließ sich die Huldigungen gefallen, brillierte mit der ihr eigenen Liebenswürdigkeit, die jeden Mann zu ihrem Knecht erniedrigte. Mit dem ihr eigenen katzengraziösen Gang schritt sie durch die Halle des

›Esplanade‹, begleitet von dem Empfangschef, der aussah wie ein englischer Lord. Sie schenkte dem mageren Liftboy ein Lächeln, das ihn geblendet den Kopf schütteln ließ.

So ist es immer – sie blendet alle, dachte Lena.

Und mit einem jäh aufbrechenden Gefühl, das nur mehr Haß sein konnte, dachte sie daran, wie sie selbst ihre Mutter sah, sehen mußte.

Skrupellos, eiskalt, nur sich selbst wie ein heidnisches Götzenbild anbetend.

Lena hätte beinahe aufgeschrien, als sich Alexandras scharfe Nägel in ihren Arm gruben. »Mach endlich ein anderes Gesicht«, zischte sie.

Und Lena lächelte folgsam. Beantwortete höflich die Fragen des Empfangschefs, ob Mademoiselle mit ihrem Zimmer und dem Blick über den Zürcher See wohl auch zufrieden sei.

Eine Woche Aufenthalt war vorgesehen, ehe Alexandra die Clinique Latour aufsuchen sollte.

Lena blieb bei ihrer Mutter in Zürich; mußte bleiben.

Das junge Mädchen war mittellos, ohne eine Pfennig Geld. Und noch war sie nicht so weit, ihre eigene geliebt-gehaßte Mutter zu bestehlen.

Noch nicht.

Alexandra sagte in dieser Woche häufig, mit diesem wissenden Katzenlächeln: »Was willst du, erfülle ich dir nicht jeden Wunsch?«

Lena durfte zum erstenmal in ihrem Leben in Kleider- und Schuheinkäufen schwelgen; ihre Mutter zwang sie geradewegs dazu.

Es hätte eine Woche der Seligkeit für das junge Mädchen sein können, wäre nicht Alexandras ›Problem‹ gewesen, wie sie selbst es inzwischen nannte.

Nur deswegen versuchte sie ihrer Tochter jeden Wunsch von den Augen abzulesen: Um ihr Schweigen zu erkaufen. Lena erkannte dies ganz klar. Und bitter dachte sie: Ich schweige nicht deinetwegen, Mutter. Ich tue es nur für Vater, den du betrogen hast.

Lena schlief nicht mehr, konnte kaum mehr etwas essen.

Ihr Gewissen peinigte sie, machte sie zur Mitschuldigen des geplanten Verbrechens wider menschliches Leben.

Aber sie konnte nichts dagegen tun.

Und so ersehnte und fürchtete Lena gleichzeitig den Tag, an dem ihre Mutter die Clinique Latour aufsuchen würde.

Nun war dieser Tag gekommen. Es war ein leuchtendblauer Frühsommertag.

Gegen zehn Uhr – Lena und ihre Mutter saßen noch beim Frühstück – läutete das Telefon.

Alexandra nahm den Hörer ab.

»Ja bitte?« Sie lauschte einen Moment lang, und alle Farbe wich aus ihren schmalen Wangen. Das Rot ihres Mundes wirkte plötzlich spröde und rissig. Sie mußte ihre Lippen anfeuchten, ehe sie flüsterte: »Ja, ja. Natürlich ... Kommen Sie herauf.«

Lena blickte ihre Mutter fragend an.

Alexandra legte mit einem harten Klacken den Hörer auf.

»Wer war das?« fragte Lena.

»Rothenburg.«

Alexandra lächelte schon wieder, wenn auch mit zitternden Mundwinkeln.

»Aber –«

»Er wird mich in die Klinik bringen.«

»Aber er muß doch glauben, daß *ich* in die Klinik gehe«, stieß Lena verblüfft hervor. »So hast du es ihm doch gesagt?«

»Ach Kind. Ich mußte schließlich doch die Wahrheit bekennen.« Röte flammte in Alexandras Wangen, und sie senkte den Kopf. »Ich bin ihm verpflichtet, Lena. Er hat mir schließlich die Adresse der Klinik gegeben. Und du darfst mich jetzt nicht im Stich lassen. Denk doch an deinen Vater. Wir wollen Robert doch Kummer ersparen, nicht wahr? Du hattest mir doch versprochen, daß du mir dabei helfen willst.« Tränen sprangen in die wunderschönen, so unschuldigen Augen ihrer Mutter.

Und ihre Stimme war so weich, so hilfsbedürftig. »Ich habe ein einziges Mal im Leben gefehlt, Kind. Ich bin ein einziges Mal im Leben schwach geworden. Ich hätte ja so sehr gewünscht, daß du es nie zu erfahren brauchtest ...«

Lügen, nichts als Lügen, sagte Lenas Verstand. Aber sie verlangte gleichzeitig nichts mehr, als diese Lügen zu glauben; sie wollte ja so gern an den allereinzigen Fehltritt glauben; der die Liebe und Verehrung zu ihrer Mutter geschmälert, aber noch nicht ganz erstickt hatte.

»Ach Mutter«, sagte sie, »Mutter, wenn du mir doch versprechen könntest, daß nie wieder so etwas geschieht.«

»Es wird nie wieder geschehen«, versprach Alexandra fest. »Nie wieder. Wenn das erst vorbei ist, wenn ich zurückkomme aus der Klinik, werden wir Vater schreiben. Wir werden ihn bitten, zurückzukehren und und nie mehr allein zu lassen. Ich schwöre es dir, Magdalena.«

Das Bild einer zärtlichen Mutter mit ihrer zärtlichen

Tochter bot sich Matthias Rothenburg, als er in diesem Moment das Appartement betrat.

Er kannte die hemmungslose, in ihrer Leidenschaft skrupellose Alexandra Raven.

Die liebevolle Mutter kannte er nicht.

Unsicherheit befiel ihn, zeigte sich in seinen glatten, gebräunten Zügen unter dem weißen Haar; nur Lena wußte sie nicht zu deuten.

»Welch ein reizendes Bild«, sagte er mit schnell gewonnener spöttischer Fröhlichkeit. Er beugte sich über Alexandras Hand. »Können wir gleich losfahren?«

»Aber gern!«

Alexandra lachte ihr perlendes Lachen.

Sie brachten Alexandra zur Klinik.

Es war ein kleines weißes Chalet, gelegen in einem üppig, fast tropisch wuchernden Park.

Eine weißgekleidete Schwester nahm Alexandra mit mildem Lächeln an der Pforte in Empfang.

Verlegene, knappe Abschiedsworte. – »Danke, Matthias, für alles. – Und auf bald, Magdalena, sei schön brav.« Dann schritt Alexandra über den weißen Kiesweg davon.

Nur ein einziges Mal wandte sie sich noch um, und ihre Augen waren erfüllt von panischer Furcht; die Augen eines Tieres, das sich in einer Falle sieht.

Dann ging sie hastig, rannte fast weiter, verschwand in dem bronzenen Portal.

»Kommen Sie«, sagte Matthias Rothenburg zu Lena. »Nun werde ich mein Möglichstes tun, Ihnen die Langeweile zu vertreiben.«

Er lächelte, aber sie spürte den Druck seiner Hand

auf ihrem Arm, befehlsgewohnt, keine Zuwiderhandlung duldend.

Und sie erkannte im gleichen Moment, daß sie in eine Falle gehen sollte, die ihre eigene Mutter ihr gestellt hatte.

Instinktiv suchte Lena die Flucht in kindliche Naivität.

»Ich habe solchen Durst«, sagte sie, »ich möchte irgendwo ein Eis essen.«

»Aber gern«, lachte Matthias Rothenburg; ihr Wunsch schien ihn zu entzücken.

Sie fuhren mit einem sanftschnurrenden, langgestreckten silbergrauen Wagen in die Stadt zurück.

Sie saßen wenig später auf der Terrasse des ›Baur au Lac‹, Lena bekam ihren Eisbecher, und sie versuchte die Blicke der umsitzenden Gäste zu ignorieren, die dem weißhaarigen, auffallend eleganten Matthias Rothenburg galten und ihr, dem viel zu jungen Geschöpf an seiner Seite.

Rothenburg – und das machte ihn auf erschreckende Weise Alexandra ähnlich – schien die Neugier der fremden Menschen zu genießen.

Er strich Lena eine Haarsträhne aus der Stirn, er berührte mit zärtlichen Fingerspitzen ihre Hand, er lächelte und nannte sie eine kleine, entzückende Nymphe.

»Und nun, was möchteste du nun tun?« fragte Rothenburg.

»Ich möchte ins Kino gehen.«

Aber als die regenbogenfarbenen Kandelaber im weiten Rund des Theaters erloschen, wußte Lena, daß sie einen Fehler begangen hatte.

Rothenburgs Knie drängten sich an ihre Beine, und sie konnte seinen Händen nicht ausweichen.

Schlimmer noch, viel schlimmer, war sein Geflüster in der Dunkelheit.

Sie wünschte inbrünstig, taub zu sein. Und sie spannte ihren Körper gegen die Berührungen.

Schließlich sprang Lena auf, hetzte aus dem Kino.

Aber die Sekunden des Zögerns draußen auf der Straße, als sie nicht wußte, wohin sie sich in der fremden Stadt wenden sollte, brachten Rothenburg wieder an ihre Seite.

»Bitte, lassen Sie mich los. Bitte, lassen Sie mich doch in Frieden.« Tränen liefen ihr übers Gesicht, sie konnte nichts mehr dagegen tun.

Und er sagte sehr sanft: »Sei zufrieden, ich bringe dich in dein Hotel.«

Es waren nur wenige Schritte zu Fuß. Und die Halle des ›Esplanade‹ schwirrte von Sprachfetzen aus aller Herren Länder. Es war zur Fünf-Uhr-Tee-Stunde, und zumindest die alten, schmuckbehangenen Engländerinnen, welche die Pensionen ihrer früh verstorbenen Colonels und Commanders in lovely old Switzerland verzehrten, schlürften Tee.

Amerikanerinnen, auf ihrer Do-Europe-in-five-days-tour, stellten magere gelbliche Schenkel in kürzlich erstandenen Mary-Quandt-Kleidern zur Schau.

Ein winziger Japaner führte eine Blondine wie einen Riesenschoßhund seinen schweizerischen Geschäftsfreunden vor.

Dem Empfangschef des ›Esplanade‹ konnte nicht einmal dies ein amüsiertes Lächeln entlocken.

Lena erschien er in diesen Sekunden wie ein Fels in der Brandung; er konnte und mußte sie von Rothenburg befreien.

Doch da hatte er den weißhaarigen Rothenburg erspäht, die beiden Männer nickten sich zu und tauschten gleich darauf einen freundlichen Händedruck.

»Wie geht's, mein Lieber?«

»Danke, blendend.«

»Madame Raven wird glücklich sein, daß Sie Mademoiselle behüten!«

Ein blanker Blick aus blauen Augen streifte Lena, das Lächeln pappte in den Mundwinkeln wie ein Rest rosaroter Zahnpasta.

»Ich seh' Sie später zu einem Drink in der Bar?«

»Gern«, versprach Rothenburg.

Er hatte Lenas Arm nicht losgelassen und dirigierte sie jetzt zum Fahrstuhl.

Der Liftboy erhielt ein fürstliches Trinkgeld und gestattete sich ein Augenzwinkern.

Lenas Wangen brannten heiß vor Scham.

Und sie konnte nichts tun? Gar nichts?

Schreien? Einen Skandal machen?

Wer würde ihr denn glauben, daß sie den Preis für die Sünden ihrer Mutter zahlen sollte?

Da war niemand, der ihr half.

Wer denn auch?

Einen Herzschlag lang die Erinnerung an ein sommersprossenübersätes Gesicht, an warme, kluge, braune Augen. Christoph Bertram in Deutschland. So weit weg.

Und ihr Vater im fernen indischen Dschungel.

»Er wird mich rächen«, flüsterte sie.

»Was sagst du?« fragte Rothenburg, während er den Schritt vor ihrem Hotelzimmer verhielt.

»Mein Vater wird mich rächen«, stammelte Lena. Und dann mit all ihrem Mut, laut, so laut, daß jeder es hätte hören können, wäre jemand in diesem Korridor des Hotels gewesen: »An Ihnen! Und an meiner Mutter! An euch allen!«

Lena riß Rothenburg den Zimmerschlüssel aus der Hand.

Sah seine weiten Augen, sah seinen halbgeöffneten Mund; dümmlich fast vor Verblüffung.

Sie stieß den Schlüssel ins Schloß. Die Tür auf. Hinein. Und zu. Die Tür zu. Entronnen. Der Falle entkommen.

Keuchend rang Lena nach Atem.

Und gleichzeitig spürte sie eine Welle der Wärme in sich aufsteigen, des Stolzes.

Ich habe mich gewehrt! Ich habe zum erstenmal in meinem Leben wirklich Mut bewiesen.

Der Stolz machte sie fast schwindeln. Denn von draußen auf dem Flur hörte sie die sich hastig entfernenden Schritte Rothenburgs.

Mut. Ich werde nie mehr mutlos sein.

Ich weiß jetzt, was ich zu tun habe.

Ich weiß es jetzt.

Aber sie wußte nicht, daß es Menschen gibt, deren Einfluß – sei er gut oder böse – man nicht entkommen kann, solange sie leben.

Und solch ein Mensch war Alexandra Raven.

VIII

Alexandra Raven fieberte der Untersuchung entgegen. Sie erwartete sie wie eine kultische Handlung, die sie von den Qualen ihrer Schuld erlösen sollte.

»Madame Raven?«

Eine der Schwestern der Clinique Latour, die sich mit ihrem milden Lächeln und den schwärmerischen Augen so ähnlich sahen, war ins Zimmer getreten.

»Der Herr Professor erwartet Sie, Madame.«

»Endlich!«

Alexandra zerdrückte die Zigarette im Aschenbecher.

Sie folgte der Schwester durch einen langen, hohen Korridor und stand schließlich in einem kostbar ausgestatteten Raum dem Professor selbst gegenüber.

Es war ein Mann in den Fünfzigern, blond, rundlich und von der salbungsvollen Fröhlichkeit, wie sie häufig Bestattungsunternehmern eigen ist.

»Enchanté, Madame.« Er sprach das weiche, ein wenig geschlurrte Französisch der Elässer.

Fünf Minuten lang plauderte er nur über das Wetter, den zu erwartenden schwülen Sommer in diesem Jahr.

Unmerklich schien er Alexandra dabei zu prüfen; was er zu wissen begehrte, erfuhr sie jedoch nicht.

Und schließlich untersuchte er sie.

Es ging rasch und war schnell vorbei.

»Wann werden Sie den Eingriff vornehmen?« fragte Alexandra, als sie wieder in dem Gobelinsessel vor seinem Schreibtisch saß.

Er legte seine Fingerspitzen gegeneinander, betrachtete die rosigen Kuppen mit einem entrückten Lächeln.

»Überhaupt nicht«, sagte er dann.

»Ich verstehe nicht –« Alexandra konnte nicht weitersprechen, mußte nach Atem ringen.

»O doch, Madame, Sie verstehen mich sehr wohl. Sie haben mir leider nicht die Wahrheit gesagt, Ihre Schwangerschaft ist weitaus vorgeschrittenen Datums, als Sie angaben.«

»Aber das kann nicht sein. Ich bin Ende des dritten Monats!«

»Sie irren, Madame. Ende des vierten. Und sehen Sie, ich gehe nie ein Risiko ein. – Ein Risiko aber wäre es, die kleine Operation vorzunehmen. Für Ihr Leben, Madame.«

Alexandra hätte später nie zu sagen vermocht, wie sie die Klinik verlassen hatte.

Sie stieg vor dem ›Esplanade‹ aus einem Taxi, und erst hier setzt ihr Bewußtsein wieder voll ein.

Die Halle des Hotels lag im Licht der Kristalleuchter. Aus dem angrenzenden Speisesaal drang gedämpftes Stimmengemurmel herüber; es war Dinnerzeit.

»Ah – Madame sind schon zurück?« Der Portier blickte sie verwundert an.

»Geben Sie mir meinen Schlüssel«, sagte Alexandra ungeduldig.

Er reichte ihr den Schlüssel und einen Brief.

Sie erkannte Magdalenas Handschrift sofort.

Im Lift riß sie den Umschlag auf.

Nur eine einzige Zeile sprang sie an.

»Ich bin fort. Such nicht nach mir.«

Alexandra stolperte aus dem Lift.

Es war ihr noch nie geschehen, daß ihre Kraft sie verließ, aber sie taumelte nun mehr, als sie ging, den langen, leeren Korridor entlang. Ihre Hände zitterten, es wollte ihr kaum gelingen, die Tür des Appartements aufzuschließen.

Es roch in den prunkvollen Räumen wie in einer Gruft. Nach verblühenden Blumen, welkem Parfüm. Nach Leere.

Alexandra riß die Kleiderschränke in Magdalenas Zimmer auf. Alles war da. Zurückgelassen die neuen italienischen Schuhe, die neuen Pariser Kleider, sogar der weiße Strickmantel, über den Magdalena sich als einziges gefreut hatte.

Lena war in ihrem alten, unauffälligen, dunkelblauen Kostüm gegangen, abgereist.

Aber wohin?

Alexandra eilte zum Telefon, ließ sich mit dem Portier verbinden.

»Ihr Fräulein Tochter, Madame, ist ausgegangen. Wohin? Bedaure sehr, das weiß ich nicht. Sie ließ nur diese Nachricht da –«

»Ja, danke, danke«, unterbrach Alexandra ihn, legte den Hörer auf, nahm ihn wieder ab, trommelte ungeduldig mit den Fingerspitzen auf die Telefongabel, »ein Amt bitte, Fräulein, und dann die Nummer 3675482.«

Die Sekunden schienen Jahre im Meer ihrer Angst.

»Château Rothenburg?« Die heisere, alte Stimme der Haushälterin,

»Herrn Rothenburg, bitte! Es ist dringend!«

»Einen Moment« – und wieder eine Ewigkeit des Wartens.

Endlich ein Räuspern, dann seine Stimme: »Hallo?«

»Matthias! Was haben Sie mit ihr gemacht?«

»Mit wem?«

»Mit – Magdalena?«

Stille am anderen Ende.

Und dann die Antwort: »Nichts.«

»Matthias! Bitte, Sie müssen mir die Wahrheit sagen! Bitte – haben Sie – ist sie – o mein Gott, ich weiß nicht, wie ich es fragen soll?«

Er sagte nichts.

»Bitte«, flüsterte sie, »bitte, Matthias, helfen Sie mir. Magdalena ist fort.«

Wieder war es still. Dann sagte er: »Helfen Sie sich selbst.«

Und die heisere alte Stimme der Haushälterin gab den Kommentar:

»Monsieur wünscht nicht mehr von Ihnen angerufen zu werden, Madame.«

Alexandra weinte. Nicht um sich selbst. Hilflos, ratlos, verzweifelt um ihre Tochter.

Sie ahnte, daß sie Lena für immer verloren hatte. Spürte, daß dies ein Schritt für immer war, den das junge Mädchen getan hatte.

Sie hatte sich aus ihrer, Alexandras, Herrschaft befreit, hatte den Mut zur eigenen Entscheidung gefunden.

Ein Blick in die aufgebrochene Lederkassette bestätigte es Alexandra.

Geld fehlte. Genau 200 Mark. Genug für einen Flug nach Deutschland?

Und was wird sie zu Hause tun?

Was wird Magdalena überhaupt jetzt tun?

Ihrem Vater schreiben? Robert schreiben?

Und dann?

Ich muß sie daran hindern.

Oder ich muß einen Weg finden, um sie schließlich doch noch Lügen zu strafen.

IX

Die Swissair rief um 19.00 Uhr zu ihrem Flug nach Köln-Wahn auf.

Unter den Passagieren der Abendmaschine war ein

junges Mädchen mit blondem Haar, in einem schlichten dunkelblauen Kostüm – ohne großes Gepäck.

Sie fiel ganz und gar nicht auf in der Menge der müden, abgehetzten Geschäftsleute, die zum Wochenende nach Hause flogen, nach Wahn und weiter nach Hamburg.

Schmal und bescheiden schritt sie über das Flugfeld; schmal und bescheiden saß sie auf ihrem Fensterplatz in der zweimotorigen Metropolitan, blickte hinaus auf das grünbraune Flugfeld, das sich so weit erstreckte, wie das Auge reichte.

»Bitte, schnallen Sie sich an«, sagte die Stewardeß. Magdalena Raven wandte den Kopf und sah sie an.

Die Stewardeß erschrak fast vor der Intensität dieser Augen. Groß waren sie, dunkelgrau, von einer tiefen, geheimnisvollen Trauer erfüllt und gleichzeitig von einem fast zornigen Mut.

»Ja, ich schnalle mich an«, sagte Lena Raven, und es war etwas Symbolisches in dieser Antwort.

Denn ihr war, als habe sie den Startplatz zu einem neuen Leben eingenommen; sie mußte sich nur hüten, daß der Wirbel der kommenden Ereignisse sie nicht aus ihrer Bahn schleuderte.

Zweieinhalb Stunden später stand Magdalena vor der dunklen Eichentür ihres Elternhauses am Hand des Michelsbergs in Siegburg.

Sie schloß auf, betrat die Halle, machte – wie es ihre Gewohnheit war – kein Licht. Sie schritt langsam die Treppe hinauf, ging in ihr Zimmer.

Sie zog die Rolläden hoch, öffnete das Fenster weit. Warme, gründuftende Sommerabendluft, erste Rosenknospen im Garten, weiße Kerzen in den Kronen der Kastanien angesteckt. Der Ruf eines Vogels, Geflatter unter dem Dachsims, Schwalben hatten dort ein Nest gebaut. Und drüben, über der Geißblattlaube, die Fliegenschnepper; pfeilschneller schwarzer Flügelschlag vor dem Milchglas der Nachtdämmerung.

Sehnsucht brach in ihr auf nach lang vergangenen Kindertagen, wenn die Sonne schien und Vater sie auf seinen breiten, braungebrannten Schultern um den Rasen reiten ließ.

Sehnsucht auch nach den geheimnisvollen Nachtstunden, wenn die Gestalten ihrer Eltern in der Laube nur heimlich belauschte Schemen waren; ihre Gespräche, die sie nicht verstand, und manchmal geheimnisvoll geflüsterte Worte und heiseres Gestammel.

Das Aufflammen der Außenbeleuchtung des Nachbarhauses schreckte Lena auf und – ließ sie den Atem anhalten.

Sie sah Dr. Christoph Bertram das Haus verlassen, eilig, die Bereitschaftstasche in der Rechten, seinem Wagen zustreben. Sie sah für den Bruchteil einer Sekunde sein Gesicht voll im Schein der Laternen, erkannte die braunen, warmen Augen und glaubte sogar die vielen Sommersprossen erkennen zu können, die seine Wangen und Nase sprenkelten.

Dann war er in den Wagen gestiegen, fuhr davon.

Auch das vorbei. Zu Ende, noch ehe es begonnen hatte. Lena wandte sich in ihr Zimmer zurück, machte Licht. Ihre Augen brannten.

Und sie begann ruhig und methodisch ihre Koffer zu packen. Kleider, Schuhe, Wäsche. Und dann, in einen kleinen, mit der Patina des Alters versehenen Krokodillederkoffer, der ihren Vater um den halben Erdball begleitet hatte, ihre Lehrbücher.

Lehrbücher der englischen, französischen und spanischen Sprache – die sie nie angerührt hatte.

»Mama, laß mich doch Sprachen studieren«, hatte sie so oft gebeten.

»Ach Kind, wozu?«

»Aber ich möchte einen Beruf erlernen.«

»Du bist doch noch so jung.«

»Aber ich möchte einmal selbständig sein.«

»Wir haben genug Vermögen. Du brauchst nicht zu arbeiten.«

»Aber versteh doch, ich möchte – ich möchte etwas für mich selbst haben. Wissen, daß ich etwas kann. Und Sprachen sind doch nützlich, Mama. Bitte, laß mich doch nach Heidelberg gehen.«

Doch dann sprangen Tränen in diese wunderschönen schwarzen Hexenaugen, und der Mund, diese empfindsamen Lippen erblaßten und begannen zu zittern.

»Du willst mich also allein lassen?« Du willst mich auch allein lassen, wie dein Vater?«

Und dann hatte Lena immer wieder nachgegeben und war geblieben.

Bis zum heutigen Tag.

Als Spielzeug ihrer Mutter, manchmal auch als Werkzeug.

Lena klickte das letzte der Kofferschlösser zu. Sie trug die drei Gepäckstücke hinunter in die Halle. Betrat die Bibliothek, entnahm dem Sekretär ihres Vaters ihr Sparbuch.

3000 Mark waren darauf; Geld, das ihr Vater ihr geschenkt hatte. Jetzt nahm sie es. Jetzt würde es sechs Monate ihres Lebensunterhaltes in Heidelberg bestreiten.

Lena telefonierte nach einem Taxi.

Und während sie es tat, griff sie halb bewußt, halb unbewußt nach der flachen silbernen Dose, die auf dem Telefontischchen stand, nahm eine der gelben, süßduftenden englischen Zigaretten heraus, zündete sie an.

Die erste Zigarette ihres Lebens.

Lena sog den Rauch tief ein; für den Bruchteil einer Sekunde wurde ihr schwindelig.

Aber sie lächelte vor sich hin und dachte, alles, was man im Leben zum ersten Mal tut, scheint einen ein bißchen schwindelig zu machen.

Sie stieg eine Viertelstunde später vor dem Bahnhof aus dem Taxi, und im gleichen Moment hörte sie ihren Namen.

»Lena!«

Sie blieb wie erstarrt stehen, hatte die Stimme sofort erkannt, wandte sich dann langsam um.

Dr. Christoph Bertram kam ihr entgegen, mit raschen, eifrigen Schritten.

Der Wind spielte mit seinem braunen Haar, warf ihm eine Strähne in die Stirn, und er strich sie ungeduldig zurück.

»Lena –« Er war richtig ein bißchen atemlos. »Ich sah Sie doch eben erst ankommen, zurückkommen? Und jetzt wollen Sie schon wieder fort?«

Der Taxichauffeur hatte die Koffer neben sie gestellt.

»Und gleich mit soviel Gepäck?«

»Ich fahre nach Heidelberg. Ich will dort Sprachen studieren«, sagte sie und hörte selbst den Stolz in ihrer Stimme.

»War das schon lange geplant?« Er blickte sie aufmerksam mit seinen warmen, lächelnden Augen an.

»Geplant ja«, nickte sie, »aber heute habe ich mich erst endgültig dazu entschlossen.« Sie erwiderte sein Lächeln, wunderte sich selbst, wie einfach dies gelang.

»Aber Sie geraten doch mitten ins Semester«, sagte er. »Ich weiß es zufällig genau, weil –« Er verstummte verlegen, fuhr fort, »weil meine Cousine –«, und dann unterbrach er sich wieder und sagte mit einem aufrichtig-vergnügten Lachen: »Nein, ich will Sie nicht belügen. Eine Freundin von mir hat einmal dort studiert. Inzwischen ist sie allerdings verheiratet mit einem Studienrat –«, er krauste die Nase – »und vier Kindern.«

»Die Arme – oder Glückliche, wie man's nimmt«, lachte Lena.

Doch mitten im Lachen brach sie ab. Denn seine Augen waren mit einem Mal so ernst.

»Lena, Sie hätten mir nicht auf Wiedersehen gesagt?«

»Nein«, antwortete sie ehrlich.

»Warum nicht – ich dachte eine Weile lang –« Diesmal wußte er wirklich nicht weiter, biß sich auf die Lippen.

»Ich gehe vielleicht für immer fort«, sagte sie leise, nach den Worten tastend, »und ich wollte keine Erinnerung mitnehmen.«

»Gar keine?« Er griff nach ihrer Hand. Durch den Handschuh hindurch spürte sie die Wärme seiner Hand.

Sie schüttelte stumm den Kopf.

»Darf ich – Sie wenigstens zum Zug bringen?«

»Ja, zum Zug«, murmelte sie und konnte ihn jetzt auch nicht mehr ansehen.

Er belud sich mit ihren Koffern. Sie lief mit gesenktem Kopf neben ihm her.

In der Bahnhofshalle war es neonhell.

Sie waren wie zwei Schauspieler, die plötzlich im Rampenlicht stehen und fühlten sich auch so.

»Haben Sie schon Ihre Fahrkarte?« fragte er mit seltsam spröder Stimme, als habe er seinen Dialog vergessen.

»Nein, ich habe sie noch nicht«, antwortete Lena hölzern. Und im gleichen Moment fiel ihr ein, daß sie nicht einmal wußte, wie sie nach Heidelberg gelangen sollte, wann ein entsprechender Zug fuhr.

Christoph mußte die Röte bemerkt haben, die in ihr Gesicht geflammt war, denn er fragte besorgt:

»Was ist?«

»Ich – ich weiß gar nicht, wann der Zug geht«, murmelte sie verstört.

»Sie wissen nicht – wann Ihr Zug geht?« Sein Mund zuckte.

»Es ist alles so plötzlich gekommen. Ich kann es gar nicht erklären. Ich meine, mein Entschluß und alles. Und da habe ich dann total vergessen, mich nach dem Zug zu erkundigen.«

»Dann bleiben Sie hier«, sagte er spontan. »Bleiben Sie heute nacht noch hier.«

Heute nacht? Sie fragte es nur mit ihren Augen. Warum heute nacht?

»Fahren Sie erst morgen«, drängte er, »morgen ist es auch noch früh genug, bitte, Lena, bitte.«

Sie sah ihn an. Sah ihn nur an.

»Wir fahren irgendwohin an den Rhein. Oder gehen hier irgendwohin. In ein hübsches Weinhaus, wo wir reden können. Bitte. Ich möchte so viel von Ihnen wissen; bitte, erfülen Sie mir diesen Wunsch. Ich bringe Sie auch wieder ganz brav nach Hause.« Er lachte jungenhaft und verlegen zugleich, und wie um eine geheime Angst zu übertünchen.

»Ich lasse meine Koffer hier, in der Aufbewahrung«, sagte sie. »Und ich nehme morgen früh den ersten

Zug.« Sie sah, wie es ihm vor Freude den Atem verschlug, und einen Herzschlag lang waren sie sich so nahe, wie sich zwei Menschen überhaupt sein können.

Es war fast Mitternacht, und sie saßen im Weinhaus ›Auf der Arken‹.

Christoph hatte den Wein ausgewählt, einen frischen Mosel, Jahrgang 1965. Er war vorzüglich, und vor allem bewirkte er eines, er löste ihre Zungen, sie plauderten leicht und lebhaft, über Filme, die sie gesehen, Bücher, die sie gelesen, Konzerte, die sie gehört.

»Und doch weiß ich noch immer nichts von Ihnen. Weiß nicht, wie Sie leben, weiß nicht, was Sie tun«, sagte Christoph jetzt.

Lena wußte, daß er darauf anspielte, warum sie ihr Elternhaus verlassen wollte.

»Ich habe nie etwas Besonderes getan«, wich sie aus. »Ich habe auch nicht den Mut gehabt, etwas aktiv zu tun. Und als ich das heute entdeckte, habe ich mich entschlossen, es zu ändern.«

»Sie waren doch mit Ihrer Mutter verreist – sie ist nicht mit Ihnen zurückgekommen?« fragte er zögernd.

»Nein, sie bleibt noch eine Weile fort.«

»Und Ihr Vater? Was wird er sagen – wenn er von Ihrer plötzlichen Aktivität erfährt? Wie Sie mir erzählen, hält er sich zur Zeit in Indien auf?«

»Ja. Er ist seit anderthalb Jahren in Indien. Und er wird noch weitere anderthalb Jahre dort bleiben. Bis dahin hoffe ich wenigstens ein Examen abgelegt zu haben.«

»Sie sind – Sie haben sich sehr verändert«, sagte er.

»Ich weiß«, gab sie zu und lächelte ihn an.

Seine Augen fragten, warum.

Sie schüttelte leicht und immer noch lächelnd den Kopf. »Bitte, nicht weiterfragen.« Sie nippte an ihrem Wein.

»Lena, Sie sind ja kokett!« sagte er mit gespielt-strenger Entrüstung.

»Nein«, widersprach sie ernsthaft. »Es wäre nur sinnlos, mehr zu erzählen, jetzt. Vielleicht später einmal.«

Und da sah sie wieder die Freude in seinen Augen, wie schon einmal an diesem Abend, und er fragte: »Heißt das, Sie wollen mir schreiben?«

»Wenn Sie es möchten?« fragte sie zurück.

»Vielleicht – darf ich Sie einmal in Heidelberg besuchen?«

»Vielleicht«, flüsterte sie.

Sie ließen seinen Wagen stehen. Hand in Hand schritten sie durch die schmale, stille Mühlenstraße. Der Mond schwamm zwischen grauen Wolkenwogen. Die Abtei lag in gelbem Lampenglanz.

Am Markt bogen sie zum Michelsberg ab.

Standen wenig später vor Lenas Elternhaus.

»Du bist plötzlich ganz blaß«, sagte er.

»Mir ist kalt«, murmelte sie und brauchte plötzlich alle Kraft, um nicht zu weinen.

»Wird dir wärmer – so?« fragte er, und seine Hände legten sich um ihre Schultern, rieben sanft ihre Oberarme.

»Du frierst wirklich«, sagte er erschrocken, weil er spürte, daß sie zitterte.

Er zog sie an sich, und sie verbarg ihr Gesicht im rauhen Stoff seines Jaketts. Seine Arme hielten sie ruhig – eine lange Weile.

»Sieh mich an«, sagte er dann, und sie hob den Kopf.

Sie sah ihn lange an, und sie wußte, was immer auch

geschah, sie würde sein Gesicht nie vergessen. Nie den Mund, nie die Augen, die Schläfen, die Stirn.

»Gute Nacht, Lena«, sagte er, und sie schloß die Augen, als sein Mund ihren Mund berührte.

»Gute Nacht«, sagte er noch einmal, »und schlaf gut. Und morgen früh hol' ich dich ab und bringe dich zum Zug nach Bonn, und aus Heidelberg mußt du mir viele, viele Briefe schreiben, versprichst du es?«

Sie konnte nur nicken und dann ganz leise, mit kaum gehorchender Stimme erwidern: »Gute Nacht, Christoph, gute Nacht.«

Lena hörte das Telefon schon klingeln, noch ehe sie die Haustür aufgeschlossen hatte.

Und es klingelte den ganzen Rest der Nacht.

Nervenzermürbend, schrill, Hoffnung nach Selbstsicherheit zerfetzend, Angst erweckend.

Mehr als einmal streckte Lena die Hand nach dem Hörer aus, um das Telefon endlich zum Schweigen zu bringen. Um einfach Ruhe zu finden.

Aber jedesmal zuckte ihre Hand noch früh genug zurück, als könne sie sich an dem Hörer verbrennen.

Denn Lena wußte, sobald sie mit ihrer Mutter sprach, würde sie sich die Flügel ihres Mutes versengen, vielleicht für immer verstümmeln.

Um sieben Uhr in der Frühe schließlich schwieg das Telefon.

Gleich darauf kam Christoph, um sie zum Bahnhof zu bringen.

Gefangen im goldenen Käfig der Konvention, eine Dame zu sein, einen bekannten Namen zu tragen, in einem vornehmen Hotel zu wohnen.

Alexandra Raven kann nicht einfach den Empfang des ›Esplanade‹ alarmieren: Sucht mir meine Tochter!

Sie kann nicht wie irgend jemand durch die Straßen Zürichs laufen und nach ihrem Kind schreien. Und womöglich noch die Polizei einschalten.

Nein, das kann sie, Alexandra Raven, nicht tun. Und so hockt sie in ihrem Käfig der Angst.

Was tut Lena? Was hat sie schon getan? Wird sie mich verraten?

Wird sie sich etwas antun? Will sie sich dadurch an mir rächen? Will sie mich durch die Rache ihres Todes zerstören?

Ihre Fantasie gaukelte Alexandra entsetzliche Bilder vor. Sie sah Lena zerstückelt unter einem Zug, getötet unter einem Auto liegen. Sah wildflackerndes Blaulicht, hörte wildheulende Sirenen. Sah eine andere Magdalena in wildschäumendem Wasser treiben, in wildflackerndem Feuer brennen. Sah sie Tabletten nehmen, sich die Pulsadern aufschneiden, sich erhängen.

Alexandras Fantasie, angestachelt durch den Alkohol, nur eine Flasche Red Top Heidsieck – und dann noch eine und noch eine, gaukelte ihr jedweden Tod ihrer Tochter vor, ersparte ihr nichts.

Und sie saß am Telefon.

Tyrannisierte die Mädchen der Zentrale.

»In Siegburg meldet sich niemand?«

»Versuchen Sie es wieder!«

Und wieder!

Und noch einmal! Bis morgens um sieben Uhr früh.

Dann sackte sie neben dem Telefon zusammen. Fiel einfach hin, riß den Apparat mit herunter.

Die Mädchen in der Zentrale des ›Esplanade‹ merkten, daß etwas im Appartement elf nicht stimmte. Die

Kontrollampe des Telefons flackerte unentwegt. Sie informierten den Nachtportier, und der Nachtportier informierte das Zimmermädchen.

Sie fand Alexandra Raven, das letzte Glas Champagner über den weißen Samtmantel verschüttet. Betäubt.

Und mit dem halb ärgerlichen, halb neidischen Mitleid derer, die sich nie eine solche Entgleisung leisten können, schleppte das Zimmermädchen Alexandra zum Bett, kleidete sie aus, breitete die Decken über sie.
Als Alexandra gegen zehn Uhr erwachte, weil Übelkeit sie zum Bad zwang, vermochte sie nicht aufzustehen.

Sie konnte ihre Beine nicht mehr bewegen.

X

Die Briefe lagen auf dem geschnitzten Rosenholztisch in der Diele des kleinen Bungalows im Tal von Chadura.

Fein säuberlich aufeinandergeschichtet. Vier Stück an der Zahl.

Robert Raven hatte sie geschrieben und per Luftpost-Expreß-Einschreiben nach Deutschland geschickt, um sicherzugehen, daß Alexandra sie erhalten würde.

Und nun waren sie zu ihm zurückgekommen.

Alle vier. Und sie trugen alle den gleichen Vermerk: »Empfänger auf unbestimmte Zeit verreist. Kein Nachsendeauftrag.«

»Amrah!« schrie Raven.

Der Diener erschien. Noch mit nichts anderem bekleidet als dem schmierigen, zerrissenen Lendenschurz, in dem er geradewegs erst mit Raven aus dem Dschungel zurückgekehrt war. Die Beine noch schlammbedeckt, bis zu den Knien. In grau-schwärzlicher Kruste getrocknet, das Gesicht glänzend vom Schweiß.

»Ja, Sahib?«

»Es war doch ein Flugzeug hier!« schrie Raven ihn an.

»Kein Flugzeug, Sahib! Ein Helikopter!«

»Aber du hast doch gesagt, sie könnten nicht landen in der Regenzeit!«

»Nur das Flugzeug nicht, Sahib. Du hast nur nach dem Flugzeug gefragt.«

»Du Hund, verfluchter! Lauf ins Dorf, los! Erkundige dich, wann der Hubschrauber wiederkommt!«

»Jawohl, Sahib. Jawohl.« Mit ängstlich-rollenden Augen drückte Amrah sich an Raven vorbei, spurtete dann, als laufe er für die Olympiade, über die Dorfstraße.

»Dieser verdammte Kerl!« fluchte Raven. »Dieses ganze verdammte Drecknest von Chadura!«

Er krampfte seine Hände um den Rosenholztisch, und mit einem schwirrenden Laut barst die Platte in der Mitte entzwei.

Die Briefe fielen auf den Boden, mitten in eine Schmutzlache hinein, die Ravens grobe Buschstiefel hinterlassen hatten.

»Sir?« Er fuhr herum.

Amrah stand mit diesen angstvollen, dunklen Tieraugen in der Tür. Seine magere Brust hob und senkte sich unter der Anstrengung des Atmens.

»Was ist?« fuhr Raven ihn ungeduldig an.

»Sahib, ich bitte um Verzeihung, aber der Mond muß zweimal sterben, bis der Helikopter wiederkommt.«

Zwei Monate.

Zwei weitere entsetzliche Monate, die ihn dem Wahnsinn nahebringen würden, aus Angst um Alexandra, aus der panischen Furcht, sie zu verlieren; schon verloren zu haben und nichts mehr dagegen tun zu können.

Zwei weitere Monate in der tödlich-grünen Hölle von Chadura in Assam.

Der Vertragsarzt des ›Esplanade‹ machte ein bedenkliches Gesicht.

Alexandra nannte es bei sich – in ironisch-verzweifeltem Galgenhumor – eine Dackelschnauze.

»Nun, was für ein Mittelchen schlagen Sie vor, Doktor?« fragte sie und trachtete vergeblich danach, ihre Zehen unter dem dünnen Laken zu bewegen.

»Es sind die Nerven«, erklärte er, »Sie haben einen nervlichen Schock davongetragen. Daher die Lähmung der Beine.«

»Das weiß ich«, sagte Alexandra ungeduldig. »Und wie wollen Sie mich entschocken?«

Röte färbte die faltige Stirn unter dem blaßblonden Haar, der Arzt rückte an seiner blitzenden Brille.

»Ich schlage die Behandlung durch einen Psychiater vor.«

»Gut. Und wie lange dauert so etwas?«

»Es kann rasch gehen, Madame. Es kann aber auch Monate dauern.«

»Monate?«

Und da war plötzlich auch nicht mehr der kleinste Rest von Galgenhumor.

Da war nichts mehr da als der Abgrund der Panik, in den Alexandra stürzte, tiefer und tiefer, tiefer und tiefer.

»Monate?« schrie sie.

Und das Kind, das sie trug? Was sollte daraus werden?

Sie richtete ihren Oberkörper auf, sie umklammerte mit beiden Händen den Arm des Arztes.

Sie starrte in sein Gesicht, ohne ihn zu sehen.

»Hören Sie«, flüsterte sie, »hören Sie, Sie müssen mir helfen.«

»Aber Madame, Sie dürfen sich nicht aufregen.«

»So verstehen Sie doch. Ich trage ein Kind. Ich bin erst im dritten Monat«, log sie, »ich darf nicht –«

»Beruhigen Sie sich«, sagte der Arzt, »Sie werden ja wieder genesen. Sie werden das Kind gesund zur Welt bringen.«

»Nein! Ich will es nicht! Sie müssen es wegnehmen! Schnell! Sofort! Bringen Sie mich irgendwohin. Tun Sie mit mir, was Sie wollen. Aber bitte, bitte, helfen Sie mir!«

Er löste ihre Hände von seinem Arm, legte sie auf das Bett zurück. In dieser Gebärde lag so viel unvermutete Kraft – und Abwehr, daß Alexandra von einer Sekunde zur anderen ernüchtert war.

»Was Sie verlangen, Madame, ist mir unmöglich«, sagte der Arzt. »Ich bin gläubiger Christ.« Er erhob sich. »Ich werde Ihnen jetzt eine Beruhigungsspritze geben. Und für die weitere Behandlung einen Kollegen zu Ihnen senden.«

»Nein«, sagte sie. »Ich möchte in die Clinique Latour gebracht werden.«

Heidelberg, und es ist Sommer.

Der Himmel ist blau, die Sonne scheint. Straßen, Häuser, Autos wirken wie blankgeputzt, die Menschen sind so fröhlich.

Oder Lena Raven sah es nur so durch die rosarote Brille ihrer neugewonnenen Freiheit.

Sie ließ ihre Koffer in der Gepäckaufbewahrung am Bahnhof. Sie erkundigte sich nach der studentischen Zimmervermittlung, ging sogleich dorthin.

Und sie hatte Glück. Sie fand genau das, was sie suchte.

Billig, eine Mansarde nur, Tisch, Bett, Schrank, ein Stuhl, aber dafür Aussicht auf das Schloß und den Nekkar – ein Gemälde der Romantik.

Zurück zum Bahnhof, Koffer geholt. Schnell etwas gegessen, eine heiße Wurst und Kartoffelsalat. Eine Cola dazu getrunken.

Und dann – Lena konnte es kaum erwarten – abends zwischen sechs und sieben stand sie mit schmerzenden Füßen, klopfendem Herzen und heißen Händen in einer Telefonzelle des Hauptpostamtes, um Christoph anzurufen, wie sie es versprochen hatte.

Sekundenlang schloß sie die Augen, dachte, ich bin ja so glücklich, danke, lieber Gott, danke, danke.

Gleich werd' ich Christophs Stimme hören, mit ihm sprechen, heute und jeden Tag, und wenn ich mir das Telefongeld vom Munde absparen müßte!

»Hallo, hallo –«, die Verbindung war so schlecht, »ich bin's, Lena!«

»Lena – wie geht es dir?«

»Wunderbar! Ich habe schon ein Zimmer gefunden, und gleich morgen gehe ich und melde mich zum Studium an.«

»Ich freue mich für dich.«

»Du sagst das so komisch – Christoph?«

»Ja Lena. Ich – da ist ein Telegramm für dich gekommen.«

»Zu dir?« fragte sie mit blanker Verblüffung.

»Nein, natürlich nicht. Nur der Bote meinte, ich wüßte vielleicht, wo du wärest, weil wir doch Nachbarn sind –«

»Woher ist das Telegramm?«

»Aus Zürich.«

»Aus Zürich?« wiederholte sie tonlos.

»Soll ich es dir schicken?«

»Nein. Mach es auf.«

»Bist du sicher –?«

»Ja, doch.«

»Lena?«

»Ja?«

»Ich lese jetzt vor: ›Bin an Schocklähmung erkrankt durch dein Fortgehen. Alexandra.‹«

»Nein!«

»Lena, es ist von deiner Mutter, nicht wahr?«

»Ja.«

»Es tut mir leid. So leid für dich. – Was wirst du jetzt tun?«

»Ich weiß es nicht«, flüsterte sie. »Ich weiß es wirklich nicht.« Die Tränen liefen über ihre Wangen, und sie hatte Mühe, wenigstens das Schluchzen aus ihrer Stimme zu halten. »Ich weiß es nicht, Christoph«, und damit legte sie den Hörer auf.

Dr. Christoph Bertram hatte nach dem so abrupt beendeten Gespräch mit Lena auf einen neuen Anruf von ihr gewartet.

Vergeblich.

Er hatte das Telegramm ihrer Mutter aus Zürich wieder und wieder gelesen; es war eine seltsam böse Faszination davon ausgegangen, die er sich selbst nicht erklären konnte.

Er wußte nur eines. Irgend etwas im Verhältnis von Alexandra Raven und Lena, ihrer Tochter, stimmte nicht, war nicht so, wie es normalerweise zwischen Mutter und Tochter zu sein pflegt.

Aber er kannte das junge Mädchen noch zu wenig

und ihre Mutter gar nicht, als daß er hätte ergründen können, woran dies lag.

Er empfand nur, wenn er an beide dachte, Unruhe und das Verlangen, Lena zu beschützen.

Und so sandte er noch am späten Abend an Lenas neue Adresse in Heidelberg ein Telegramm:

»Bitte, ruf mich noch einmal an.«

Aber Lena rief ihn nicht mehr an.

Er verbrachte eine schlaflose Nacht, und am Morgen ließ er Praxis Praxis sein, verständigte einen befreundeten Kollegen, daß er in dringender Privatangelegenheit für einen Tag fort müsse, und bat, in dringenden Fällen für ihn einzuspringen.

Er klebte ein riesengroßes Pappschild an seine Praxistür mit einer Aufschrift gleichen Inhalts, die an den Kollegen verwies.

Und war eine Viertelstunde später schon auf der Autobahn in Richtung Frankfurt.

Christoph traf gegen ein Uhr in Heidelberg ein.

Er fand die schmale Weidengasse, das hohe alte Haus aus der Gründerzeit, in der Lena die Mansarde gemietet hatte.

Ihre Wirtin war eine ältere, freundliche Frau mit schütterem weißen Haar.

Von Siegburg kam er, und das Fräulein Raven wollt' er sprechen? Na so was, das arme Kind. Sie war heute morgen schon in aller Frühe abgereist.

»Abgereist?« fragte er.

»Ja, sicher doch. Zu ihrer Mutter nach Zürich. Und sie war erst noch so glücklich, daß sie bei mir wohnen sollte. Ach, wie hat sie sich über das Zimmer gefreut, direkt gestrahlt hat sie, wie ein Kind. Kommen Sie, ich zeig's Ihnen einmal.«

Die Wirtin führte ihn eine knarrende Stiege hoch.

Die Mansarde war klein und ärmlich möbliert, aber das Bett war mit einer flauschigen grünen Wolldecke und schneeweißen Laken bedeckt, vom Dachfenster aus sah man direkt aufs Heidelberger Schloß und den Nekkar.

»Ihre Koffer hat Fräulein Raven wieder mitgenommen?« fragte Christoph, und er spürte, wie ihm die Kehle eng wurde.

»Ja, natürlich. Alles hat sie wieder mitgenommen. Sie meinte, sie käme womöglich nicht mehr zurück. Aber so ein liebes Kind, eine halbe Monatsmiete hat's mir doch gezahlt.«

So war das also, Lena war zurückgekehrt nach Zürich, und sie hatte nichts für ihn hinterlassen.

Keine Zeile, nicht einmal, wo sie zu erreichen war.

»Hat Fräulein Raven noch in der Nacht ein Telegramm bekommen?« fragte er.

Die alte Frau nickte eifrig. »Ja, das hat sie. Um zwölfe kam der Telegrammbote noch. Tränen hat sie in den Augen gehabt, als sie es las, und dann hat sie gesagt, das hat jetzt auch keinen Zweck mehr.«

So ist das also, dachte Christoph Bertram bitter. Sie bekommt mein Telegramm und sagt, das hat auch keinen Zweck mehr. Aus, vorbei.

Er saß in einer Weinstube am Flußufer. Er hatte sich einen Speckpfannkuchen bestellt und ein Viertel Wein dazu.

Er trank den Wein, aber er bekam keinen Bissen des Essens herunter.

So ist das also, dachte er, und die Enttäschung war wie Galle in seinem Mund. Und ich habe auch noch geglaubt, sie empfinde etwas für mich. Etwas Zutrauen, Vertrauen, vielleicht sogar ein bißchen mehr.

Er peinigte sich selbst mit der Erinnerung an den einzigen Abend, den er mit Lena verbracht hatte. Er glaubte noch ihre weiche Wange an seinem Gesicht zu spüren und den Duft ihres blonden seidigen Haares zu riechen. Er glaubte noch den leichten unschuldigen Druck ihres Körpers zu spüren in seinen Armen. Aber sie hatte ihn verlassen, ohne ein einziges Wort der Erklärung.

Denk an die Aufregung, unter der sie gehandelt haben mag, hielt er sich vor. Immerhin hat ihre Mutter sie der Schuld an ihrer Lähmung bezichtigt, vergiß das nicht.

Und dennoch konnte er Lenas Verhalten nicht richtig begreifen.

War sie vielleicht doch wie all die anderen jungen Mädchen, die mit gläsernen Puppenaugen in die Welt stolzierten und das Gefühl Liebe nur als Zeitvertreib kannten?

Ja, Christoph Bertram war zutiefst von Magdalena enttäuscht. Und er kehrte noch am gleichen Tag nach Siegburg zurück. Am nächsten Morgen nahm er seine Praxis wieder auf.

Ein plötzlicher Kälteeinbruch in den so verheißungsvoll beginnenden Sommer bescherte ihm viele Grippekranke; er war von frühmorgens bis spätabends beschäftigt.

Aber es blieben immer noch die einsamen, stillen Nachtstunden, in denen seine Gedanken unablässig um Lena kreisten.

Der Kreis hatte sich geschlossen.

Lena war nach Zürich zurückgekehrt.

Nicht ins vornehme ›Esplanade‹; sie würde sich später eine ruhige, bescheidene Pension suchen.

Zuerst fuhr sie direkt vom Flughafen aus zur Clinique Latour. Aber man erlaubte ihr nicht, ihre Mutter zu sehen.

»Madame Raven bereitet sich gerade auf ihre Schlafkur vor«, erklärte ihr der Professor.

Sie saß ihm in seinem luxuriös eingerichteten Arbeitszimmer gegenüber, und er schien sie mit der abständlichen Neugier alter Menschen zu betrachten, die auch nichts Ungewöhnliches mehr überraschen kann.

»Sie wissen, daß Ihre Mutter Ihnen die Schuld gibt, an ihrer – Lähmung?« fragte er.

»Ich weiß«, antwortete Lena. »Wir hatten eine Auseinandersetzung. Ich –«

»Wegen des – Kindes?« unterbrach er sie.

»Unter anderem.«

»So?«

»Ja«, sagte sie knapp, ging nicht auf die unausgesprochene Aufforderung nach weiterer Erklärung ein.

»Nun, das ist auch nicht so wichtig. Ich spreche Sie auf jeden Fall von jeder Schuld frei.« Der Professor lächelte plötzlich gewinnend – salbungsvoll; wohl war Lena dabei nicht.

»Sie wissen um die wahre Erkrankung Ihrer Mutter?« fragte er mit gedämpfter Stimme, als sei er bereit, ein wohlgehütetes Geheimnis mit ihr zu teilen.

»Ich verstehe nicht, was Sie meinen«, wich Lena aus.

»Aber mein liebes Kind, Sie haben bestimmt schon darunter zu leiden gehabt?«

Lena blickte ihn stumm an.

»Hat Ihre Mutter Sie noch nie – gequält?«

»Bitte –«

»Sehen Sie! Jetzt wissen Sie nicht, was Sie mir antworten sollen.« Leiser Triumph klang aus seiner Stimme. »Aber fürchten Sie nichts, was immer Sie mir anvertrauen, dringt nicht über diese vier Wände hinaus.« Er erhob sich schwerfällig, trat zum Fenster, verschränkte seine Hände auf dem Rücken. Lena sah, daß es weiche, rosige Hände waren.

»Ihre Mutter hat Sie doch schon geschlagen?«

Sie antwortete nicht.

»Ohne Grund, meine ich? Und sie hat Sie auch ohne Grund für alle möglichen Mißgeschicke verantwortlich gemacht, nicht wahr?«

»Ich weiß nicht, warum Sie mich das alles fragen«, sagte Lena in Abwehr.

»Sie wissen es sehr gut. Aber ich will es Ihnen trotzdem erklären. Ich bin ein alter Mann, mein Kind.« Er blickte über die Schulter zurück, lächelte Lena an. »Ich habe viele Menschen in meinem Leben kennengelernt. Ich habe nur wenigen helfen können, leider, leider. Aber ich habe nie die Absicht aufgegeben, helfen zu wollen. Und ich weiß, was Ihrer Mutter in Wahrheit fehlt!«

Er wandte sich ganz um, blickte Lena aus zusammengekniffenen Augen an, als müsse er herausfinden, ob sie überhaupt wert sei, die Wahrheit zu erfahren.

»Ihre Mutter ist eine Hysterikerin reinsten Wassers! Selten habe ich diese Krankheit in einer so ausgeprägten Form gefunden!«

»Eine Hysterikerin?« wiederholte Lena ungläubig.

»Ja. Und ich werde versuchen, sie zu heilen. Ich habe sie in einen achttägigen Tiefschlaf versetzen lassen. Wenn sie erwacht, wird ihre Lähmung vergessen sein. Nicht vergessen das Kind, das sie erwartet. Und sie wird es bekommen, dafür werde ich sorgen.«

Das sagte ein Mann, der eine Klinik betrieb, in der Schwangerschaftsunterbrechungen an der Tagesordnung waren? Lena traute ihren Ohren nicht.

Aber sie sah auch, wie sich der weichliche Mund mit den vollen Lippen verhärtete, wie in diese wäßrigblauen Augen ein stählerner Glanz trat.

»Es ist die einzige Möglichkeit, Ihre Mutter zu heilen«, sagte der Professor bestimmt. »Wir müssen sie in die Wirklichkeit zurückholen. Wir müssen ihr zeigen, daß das Leben nicht für ihre Launen geschaffen ist. Sie wird das Kind bekommen!«

»Wissen Sie, daß die Ehe meiner Eltern darüber zerbrechen wird?« fragte Lena.

»Ich weiß es!« sagte er.

»Und trotzdem –«

»Ja! Ja und nochmals ja!« Seine Augen leuchteten im Feuer des Fanatikers. »Sie sind alt genug, um sich ohne Elternhaus zurechtzufinden. Ihre Mutter ist jung genug, um noch einmal von vorn anzufangen. Ihr Vater – nun, ihn kenne ich nicht, aber ich habe von ihm gehört. Ein Forscher aus Leidenschaft, nicht wahr? Nun, dann muß er eben in seinen Forschungen den Inhalt seines Lebens finden.«

»Und Sie glauben, daß Sie eine Entscheidung über all dies treffen dürfen?« fragte Lena.

»Ja«, sagte der Professor.

»Ich glaube es.«

Alexandra schlug die Augen auf, und sanfte Dämmerung, bläulich von blauen Vorhängen getönt, war um sie.

Sie schlug die Augen auf und wußte nicht, wo sie war.

Aber Alexandra Raven verspürte ein nie gekanntes Wohlgefühl, süße Leichtigkeit und süße Schwere zugleich in ihren Gliedern.

Sie hob die Arme, bewegte ihre Hände, ließ die Finger miteinander spielen, strich über ihr Haar, dessen schwarzseidene Welle über ihre Schulter floß.

Sie dehnte ihren Körper.

Und im gleichen Moment empfand sie, daß sich in ihrem Leib etwas dehnte.

Zwei Empfindungen – und sie trafen sie mit gleicher Gewalt.

Sie konnte ihre Beine wieder bewegen.

Und –

Das Kind in ihrem Leib hatte sich zum ersten Mal geregt.

Alexandra lag wie erstarrt.

Und dann begann sie zu schreien.

Schritte auf dem Flur. Die Tür wurde aufgestoßen. Drei Gesichter zur gleichen Zeit beugten sich über sie.

Sie wand sich auf dem Bett, riß mit irren Händen das Laken entzwei.

Fremde Hände griffen nach ihr, preßten ihre Arme herunter, hielten sie fest.

»Den Professor! Wir müssen den Professor rufen!« sagte das blasse Gesicht unter der weißen Haube.

Und das andere, rote, über dem blauen Kleid, murmelte: »Mein Gott, sie ist ja wahnsinnig! Sie ist ja verrückt!«

Das dritte Gesicht, mager, mit dunkler Hornbrille, das Gesicht eines Mannes, entfernte sich.

Und dann der Befehl: »Laß sie los!«

Da traten auch die beiden anderen zurück, und der Professor beugte sich über Alexandra.

Zitternd lag sie da, bar jeder Kraft, die Zähne schlugen ihr wie im Schüttelfrost aufeinander.

»Sie sind erwacht«, lächelte der Professor und strich

mit warmer Hand über ihre Stirn. »Sie haben lange und gut geschlafen, nicht wahr?«

«Es hat sich bewegt«, stammelte sie. »Es hat sich in meinem Leib bewegt.«

»Das ist doch nur natürlich so«, der Professor lächelte strahlend. »Aber viel wichtiger ist doch, daß Ihre Lähmung verschwunden ist, nicht wahr? Ihr hysterischer Anfall ist vorüber, Ihre Nerven haben sich durch die Schlafkur entspannt. Sie fühlen sich wohl, sind wieder gesund.« Er schlug das Laken zurück, untersuchte schnell und konzentriert ihre Beine, prüfte die Reflexe.

»Alles wieder in bester Ordnung«, lächelte er.

»Nichts ist in bester Ordnung. Gar nichts!« stieß Alexandra hervor. »Begreifen Sie doch, es hat sich bewegt! Das Kind!« Sie warf den Kopf herum, verbarg ihr Gesicht in den Kissen. Sie begann hemmungslos zu schluchzen.

»Ich weiß gar nicht, warum Sie weinen«, sagte der Professor leise und sanft. »Sie werden es bekommen – und abgeben. Wir haben doch alles schon besprochen. Machen Sie sich keine Sorgen. Denken Sie an den grauen Kindermarkt.«

Alexandra Raven vertraute dem Professor.

Sie glaubte, daß er ihr helfen würde, das Kind abzugeben. Glaubte dies um so mehr, als er sie eine Woche später mit dem Ehepaar Grindle zusammenbrachte.

Er selbst fuhr sie zu dem einsam in den Bergen um Zürich gelegenen Haus.

Er selbst machte sie mit den älteren Leuten bekannt, die wie ein Beamtenehepaar wirkten; bieder, verläßlich, ein bißchen bläßlich.

»Das Kind also wollen Sie abgeben?« fragte Frau

Grindle über den weißgescheuerten Küchentisch hinweg in der holzgetäfelten Stube, und ein Blick prüfte Alexandra vom Kopf bis zu den Fußspitzen. »Na, wenn's ein hübsches Mädchen wird, ist's leicht. Die Amerikaner sind ganz scharf drauf. – Wir haben 80 Vormerkungen«, betonte sie mit unüberhörbarem Stolz.

»Feste Bestellungen«, bekräftigte ihr Mann und zupfte ein paar welke Blüten von den Maiglöckchen im Herrgottswinkel.

Alexandra rieselte es kalt über den Rücken.

»Wann's geboren ist, das Kleine, rufen'S uns nur an, Herr Professor, nicht wahr? Wir holen's dann ab«, sagte Frau Grindle. »Aber das wird noch eine Weile werden. Man sieht ja noch nix an der Frau.«

Und der Mann, der im Herrgottswinkel auf der Bank saß, fragte: »Wie soll das Kind denn heißen?«

»Ich weiß es nicht«, sagte Alexandra mit einem nervösen Auflachen, das sie nicht unterdrücken konnte.

»Einen Namen muß es aber haben, von wegen unserer Kartei.«

»Nennen Sie es Charly«, sagte Alexandra. »Oder Cornelia, wenn es ein Mädchen ist.«

Der Professor wandte ruckartig den Kopf in ihre Richtung, aber sie konnte den Ausdruck seiner Augen nicht erkennen, denn er trug eine dunkle Brille an diesem Tag; und sein Mund verriet nichts.

»Madame verlangt kein Geld«, sagte der Professor.

»Nein, ich will kein Geld«, bekräftigte Alexandra.

»Dann wär' ja endlich alles klar, nicht wahr?« lachte Frau Grindle.

»Ja, dann wäre alles klar«, sagte der Professor.

Schweigsam fuhren Alexandra und der Professor in die Klinik zurück.

»Ich weiß nicht, wie ich Ihnen danken soll«, sagte Alexandra, als sie über die geharkten weißen Kieswege auf das Haus zuschritten.

»Danken Sie mir noch nicht«, sagte er mit einem geheimnisvollen Unterton in der Stimme.

Sie blieb abrupt stehen. »Was soll das heißen?«

»Noch ist Ihr Kind nicht geboren. Und noch haben Sie es nicht abgegeben.«

Zehn Tage waren seit Lenas Rückkehr nach Zürich vergangen, einer monoton wie der andere in dem Warten darauf, ihre Mutter wiederzusehen.

Sie hatte Briefe geschrieben an ihren Vater und an Christoph, aber sie hatte keinen abgesandt, denn die Sätze erschienen ihr wirr und unverständlich in dem Bemühen, alles zu erklären und alles zu verschweigen.

Und endlich kam der Tag, an dem Lena ihre Mutter zum ersten Mal besuchen durfte.

Sie trafen sich im Park der Klinik. Sie sahen einander von weitem, und ihre Schritte verlangsamten sich. Dennoch war es unausweichlich, daß sie zusammentrafen.

»Guten Tag, Magdalena.« Alexandras Lippen zitterten. Sie war noch schlanker geworden in den letzten 14 Tagen. Sie trug Schwarz, ein schwarzes Seidenjerseykleid mit kindlich-weißem Kragen.

»Guten Tag, Mutter«, sagte Lena.

Sie gaben sich nicht die Hand.

Und dann, keine von ihnen hätte später zu sagen vermocht, wie es geschah, lagen sie sich in den Armen, umklammerten sich, streichelten einander Gesicht und Haar. Mutter und Tochter. Trotz allem. Und sie weinten ein wenig, wie es Frauen so häufig tun, ohne direkten Grund.

»Ich muß dich um Verzeihung bitten«, sagte Alexandra endlich.

Nebeneinander gingen sie den Kiesweg auf und ab. »Wegen Rothenburg. Für sein schlechtes Benehmen. Es tut mir so leid. Ich hätte es verhindern müssen. Ich bin nur froh, daß du – du«, Alexandra verstummte verwirrt.

»Ich war zu Hause«, sagte Lena, »und in Heidelberg. Ich wollte wirklich ein ganz neues Leben anfangen. Ich wollte endlich studieren und arbeiten.«

»Wenn das vorbei ist, hier, dann wirst du studieren«, sagte Alexandra. »Du sollst nach Heidelberg gehen. Und du sollst unabhängig sein. Ich verspreche es dir. Nur –«, sie zögerte, fuhr dann im gleichen, nachgiebigen Ton fort, »wenn du hierbleiben würdest, bis alles vorbei ist, wäre ich dir sehr dankbar. Es sind nur noch dreieinhalb Monate. Sie gehen schnell vorbei. Aber es wäre mir eine Hilfe zu wissen, du bist hier, in Zürich, erreichbar. Ich kann dich manchmal sehen. Mit dir sprechen, so wie jetzt.«

»Hast du es Vater schon geschrieben?« fragte Lena. »Ich meine, daß wir zur Erholung hier in Zürich sind, wie du es vorhattest?«

»Ich schreibe ihm jeden Tag«, antwortete Alexandra. »Eine der Schwestern bringt die Briefe ins ›Esplanade‹. Dort läßt der Liftboy sie stempeln. Er befördert sie auch zur Post. Ich schreibe deinem Vater, wie gut es uns geht. Wie wohl wir uns hier in der Schweiz fühlen – und daß wir uns nach ihm sehnen«, fügte Alexandra mit einem fernen, schwermütigen Lächeln hinzu.

Lena konnte nichts darauf sagen.

Ihre Mutter hatte sich nicht geändert. Sie würde sich nie ändern. Sie würde stets die Lüge der Wahrheit vorziehen, wenn es ihr dienlich war.

»Ich muß gehen«, sagte Lena abrupt und blieb stehen.

»Schon?« fragte ihre Mutter.

»Ich wohne in einem kleinen Hotel. Mit Vollpension. Ich muß pünktlich zum Abendessen dasein.«

»Aber warum denn? – Du brauchst Geld, nicht wahr? Ach, daß ich nicht daran gedacht habe. Warte, ich laufe hinauf in mein Zimmer, ich hole dir einen Scheck!«

»Nein.« Lena hielt ihre Mutter am Arm fest. »Bitte, ich möchte kein Geld. Was ich brauche, habe ich.«

»Du kannst mir nicht verzeihen?« fragte ihre Mutter und blickte sie mit diesen riesigen schwarzen, traurigen Augen an. »Wirst du mir nie verzeihen?«

»Ich weiß es nicht«, antwortete Lena, denn das war das einzige, was ihr hier noch blieb: die Aufrichtigkeit.

Er hatte nie geglaubt, daß die Liebe so zu ihm kommen würde.

Er hatte geglaubt, frei zu sein von der Sehnsucht, dem Verlangen nach einer Frau.

Doch das war nicht so.

Die wenigen Stunden, die er mit Lena Raven verbracht hatte, belehrten Dr. Christoph Bertram eines Besseren. Er konnte Lena nicht vergessen.

Nicht in der Arbeit seiner Praxis, die wuchs und gedieh, besser, als der sie je erhoffte.

Nicht bei seinen in sehr bescheidenem Maße betriebenen Krebsforschungen, die er aus einem Grund anstellte, der ihn – doch das wußte er nicht – mit Robert Raven verband: Auch Christophs Mutter war an Krebs gestorben.

Einen vier Jahre langen quälenden Tod, von einer Operation zur anderen hoffend, auf ein Medikament zum anderen vertrauend, um schließlich doch sterben zu müssen, zu verhungern im wahrsten Sinne des Wortes.

Damals hatte Christoph sich geschworen: Eines Tages wird es mir gelingen, muß es mir gelingen, die Geißel Krebs aus der Hand, die Leiden austeilt, zu entwinden.

Aber selbst diese von ihm mit großem Ernst und wenn auch nur mit bescheidenen Mitteln betriebene Forschung befriedigte ihn nun nicht mehr.

Nichts konnte ihn ablenken – kein Buch, kein Theaterstück, kein Konzert und andere Menschen, Frauen schon gar nicht – von seiner Sehnsucht nach Lena Raven.

Seit jenem letzten Telefonat, als sie in Heidelberg war, hatte er nichts mehr von ihr gehört.

Und seither waren nahezu vier Wochen vergangen.

Er hielt es einfach nicht mehr aus. Er mußte nach Zürich fahren, Lena finden, mit ihr reden. Mit Lena und mit ihrer Mutter. Er mußte wissen, was Lena für ihn empfand.

Er fuhr am Samstagmorgen nach Zürich.

Von Siegburg bis Basel war die Autobahn verstopft. Ein Wagen hinter dem anderen, Stoßstange an Stoßstange, eine Schlange aus Blech und Stahl, Wolken giftigen Benzindunstes ausspeiend.

Abends gegen zehn Uhr kam er in Zürich an.

Er hatte nicht geahnt, wieviel Hotels, Pensionen und Gasthäuser die Stadt besaß.

Er verbrachte den Sonntag damit, ein Hotel nach dem anderen auf der Suche nach Lena abzufahren.

Einmal, an einer Kreuzung, die Ampel sprang gerade auf Grün, glaubte er Lena zu sehen, das blonde Haar, die gerade, schmale Gestalt.

Er ließ den Wagen einfach an der Kreuzung stehen, sprang heraus, lief dem Mädchen nach.

Packte es am Arm. Es fuhr herum.

Natürlich war es nicht Lena.

Natürlich nicht!

Sie riß sich heftig los, zischte ihn zornig an. »Vous êtes fou? Sind Sie verrückt?«

Er murmelte eine verlegene Entschuldigung, ging – plötzlich sehr mutlos – zu seinem Wagen zurück. Wütendes Hupkonzert empfing ihn, ein Polizist machte ihm ein Protokoll.

Christoph mußte lachen, laut und schallend lachen; das war seine einzige Reaktion.

Und er dachte, meine Liebe zu Lena ist wie Gift, nach dem ich süchtig bin. Aber ich will und werde nicht darauf verzichten.

XI

Ein Tag kann wie ein Jahr sein.

Ein Monat kann aber auch wie ein Tag vergehen.

Für Robert Raven war das letztere der Fall.

Da ihm nichts anderes übrig blieb, als darauf zu warten, daß ›der Mond zweimal starb‹, stürzte sich Robert Raven in seine Forschungsarbeit. Er durfte jetzt nicht an Alexandra und nicht an Lena denken, oder er wäre vor Sorge und vor Heimweh nach ihnen verrückt geworden, denn in seinen Träumen sah er Alexandra stets in den Armen eines anderen Mannes.

Nein. Nicht daran denken, daß der anonyme Brief wahr sein könnte.

Nicht das Vertrauen verlieren. Nicht die Hoffnung, Alexandra, *seine* Alexandra, bald wiederzusehen.

Und so suchte er in zwei Monaten nachzuholen, wofür er vorher anderthalb Jahre gebraucht und was ihm in einer einzigen Stunde des Monsunregens zerstört worden war.

Unter seiner Anleitung bauten Indrhu und seine Arbeiter das Labor wieder auf. Diesmal aus Eisenholzstämmen, die eine Tagreise weit aus dem Dschungel von Elefanten herangeschleppt werden mußten.

Die frischen Stämme überzogen sich mit Schimmel in der Nässe des Monsunregens, aber sie hielten ihm und den wütenden Stürmen stand.

Mit seinem Diener Amrah stieg Raven zu den heiligen Männern in den Bergen. Beschwörende Reden erreichten nichts, dafür redete der goldgelbe englische Tabak, den er ihnen schenkte, eine überzeugendere Sprache.

Die heiligen Männer führten Raven zum Habutabaum.

Er betastete die graue korkige Rinde.

Daraus gewannen sie das grüne Gallert, mit dem sie sogar Hautkrebs zu heilen vermochten.

Kaum zu glauben und doch wahr.

Aus der Rinde dieses Baumes, im Wasser des Chaduraflusses zerkocht, gewannen sie das begehrteste Heilmittel unseres Jahrhunderts. Und nur er, Robert Raven, kannte es außer den heiligen Männern.

Die Elefanten, angetrieben vom »Dhuoon ... Dhuoon ...« der Treiber, schleppten tags darauf große Ballen der Rinde zu Tal, warfen sie mit ungeduldigem Rüsselschlag und kreischendem Trompeten neben dem Labor ab.

Der Kupferschmied von Chadura hatte in Nachtarbeit einen riesigen Kegel gefertigt, und darin simmerte auf schwacher, aber stetiger Holzkohlenglut die Rinde des Habutabaums im Wasser des Chaduraflusses.

Robert Raven hielt sich genau an die Anweisungen, die ihm die heiligen Männer aus den Bergen gegeben hatten.

Und schließlich, eines Morgens, in der bleiernschwülen Dämmerung, geschah vor seinen Augen das Wunder.

Das schwärzlichgraue Gebräu im Kessel lichtete sich. Es war, als finge es aus unsichtbarer Quelle Strahlen ein, die es durchsichtig machten.

Es schäumte nun auch nicht mehr und begann schließlich, sich in dem zähen grünen Gallert an den Wänden des Kessels abzusetzen.

Mit zitternder Hand, denn Raven hatte die Nacht durchgewacht, trug er in die Kladde seiner Beobachtungen ein:

»Herstellung von HA 1 in großer Menge geglückt.«

Er warf sich neben den Kessel auf den kahlen Holzboden des Labors und war wenige Sekunden später fest eingeschlafen.

Eine Stunde später landete der Hubschrauber der North-Indian-Airlines auf dem Dorfplatz von Chadura.

Robert Raven schlief, und kein Traum warnte ihn vor der Rückkehr nach Europa. Kein Traum ließ ihn das Chaos der Verzweiflung ahnen, in das ihn die Frau, die er mehr als alles andere liebte, bei seiner Heimkehr stürzen würde.

Der Pilot, der dem Hubschrauber der North-Indian-Airlines entstieg, war ein großer, schmaler Mann mit den gelenkigen Bewegungen eines Seiltänzers.

Sanfte braune Augen, von keiner der unzähligen eitrigen tropischen Augenkrankheiten entstellt, nahmen seine Umgebung mit rascher Abschätzung wahr:

Die elenden Hütten des Dorfes Chadura im nebligen Brodem der Regen, die neugierig herbeilaufenden halbnackten Kindern, deren aufgetriebene Bäuche naß glänzten; die Frauen in ihren fadenscheinigen Saris, von der schwülen Hitze des Dschungels vorzeitig der Jugend beraubt, ausgemergelt von nie gestilltem Hunger, mit dem sie geboren wurden und den sie ihren Kindern meist als einziges vererbten; die Männer mager, hohlwangig, mit dem stumpfen Blick des Nichts-ändern-Könnens in den Augen.

Der Pilot Kahan sah es fast täglich auf seinen Flügen zu den abgelegenen, während der großen Regen von allen Zufahrtswegen abgeschnittenen Dörfern, die er in dieser Zeit mit den notwendigen Lebensmitteln versorgte. Und dennoch, es gab ihm stets das bittere Bewußtsein, daß nie genug geholfen werden konnte.

Amrah, Robert Ravens Diener, kam ihm entgegengelaufen und bedeutete ihm gestenreich, ihm zu folgen.

Der Forscher lag erschöpft schlafend unter einer Regenplane in der Nähe des Labors.

Neugierig betrachtete der Pilot den simmernden Kupferkessel, der nahebei stand. Das grüne Gallert der Habutarinde hatte sich in großen durchsichtigen Tropfen an den Kupferwänden abgesetzt.

Amrah beugte sich herunter und berührte Ravens Schulter. »Herr, der Helikopter ist gekommen!«

Raven zuckte zusammen, war sogleich hellwach. Er richtete sich auf, strich sich über das millimeterkurze graue Haar.

»Good morning, Sir«, sagte der Pilot. »Mein Name

ist Kahan. Ich fliege für die North-Indian-Airlines.« Er lächelte mit weißen, sehr gesunden Zähnen. »Ihr Diener Amrah hat mir gesagt, daß Sie mich dringend sprechen wollen?«

Amrah nickte eifrig dazu.

»Ja, allerdings!« Raven erwiderte den indischen Gruß, indem auch er flüchtig die Fingerspitzen unter dem Kinn gegeneinanderlegte. »Wir können zusammen frühstücken, wenn es Ihnen recht ist, Mister Kahan?«

»Gern, Sir.«

Kahan folgte Raven zu seinem Bungalow.

Amrah wartete hier innerhalb kürzester Zeit mit einem perfekt gedeckten Frühstückstisch auf.

Es gab Melone und Yorkshire-Schinken aus der Konserve. Maisbrot, gebacken aus der letzten amerikanischen Hilfssendung, starken grünen Tee und ein Kompott aus indischen Pflaumen von parfümierter Süße.

Die beiden Männer frühstückten, tranken Tee; Raven rauchte seit Wochen die erste wirklich trockene, nicht nach Schimmel schmeckende Zigarette; sie unterhielten sich über die diesjährigen allzu heftigen Regen, den Flug von Betchuna hierher, die Unruhen, die an der Ostgrenze von Assam ausgebrochen waren.

Kahan hatte einen ganzen Stapel Briefe für Raven mitgebracht, aber Raven wollte sich Zeit damit lassen, wollte die Köstlichkeit, endlich Nachrichten von zu Hause zu erfahren, so lange wie möglich hinauszögern.

Er empfand eine wohltuende Ruhe, einen Frieden, wie seit langem nicht mehr.

Und heute war ja auch ein besonderer Tag:

Er – Raven selbst – hatte das grüne Gallert HA 1 hergestellt, ein Heilmittel gegen den Krebs, das er der

Menschheit nach weiterer gründlicher Überprüfung zum Geschenk machen wollte.

Und auf ihn wartete Post von Alexandra. Briefe aus der Heimat, aus Deutschland.

Nach dem Frühstück verabschiedete Kahan sich; er mußte den Dorfältesten von Chadura aufsuchen und die Verteilung der Lebensmittel überwachen, die er von Bedchuna herübergeflogen hatte.

Raven zog sich in sein Schlafzimmer zurück. Er duschte ausgiebig, zog frische Khakishorts an und streckte sich bequem in dem einzigen Sessel aus, einem Plüschungetüm aus der Kolonialzeit. Er begann, seine Briefe zu lesen.

Briefe von Alexandra. 30 Briefe!

Sie mußte ihm fast jeden zweiten Tag geschrieben haben.

Briefe, die ihn ihrer Liebe, ihrer Sehnsucht, ihrer Treue versicherten.

Briefe einer Frau, die versucht, tapfer zu ertragen, von ihrem Mann getrennt zu sein.

Kein Wort der Klage. Kein Wort des Vorwurfs. Nur Worte der Liebe. Sie hüllten ihn ein in Glück.

Er vergaß darüber ganz, daß er nicht einen einzigen Brief, ja nicht einen einzigen persönlichen Gruß von seiner Tochter Lena erhalten hatte.

Er vergaß, mißtrauisch zu sein.

Und als er alle 30 Briefe von Alexandra gelesen hatte, schloß er fast trunken vor Glück die Augen.

Nichts war wahr. Gar nichts von diesem schäbigen anonymen Brief, den er vor Monaten erhalten hatte, in dem man Alexandra des Ehebruchs beschuldigte. Kein Wort davon stimmte. Hier, das war die Wahrheit:

Alexandra, seine Alexandra, die ihm solche Briefe schrieb, war gar nicht fähig, ihn zu betrügen.

Raven war entschlossen gewesen, mit dem Hubschrauber der North-Indian-Airlines nach Betchuna und von da aus weiter mit einer Linienmaschine über New Delhi nach Europa zu fliegen.

Er war entschlossen gewesen, wenigstens für ein paar Wochen nach Hause zurückzukehren.

Er wurde schon wankend in diesem Entschluß; aber da war noch einziger anderer Brief außer den 30 von seiner Frau.

Ein Brief, den ihm ein Mann namens Dr. Christoph Bertram aus Siegburg schrieb.

Raven kannte niemanden dieses Namens. Er glaubte, was das Schreiben angehen mochte, an eine der nicht seltenen Anfragen irgendeines anderen Gelehrten aus Europa.

Eigentlich hatte Raven gar kein Verlangen, es jetzt zu lesen, und er tat es nur aus einer ihm angeborenen Korrektheit.

Mit einer klaren, energischen Handschrift waren vier Bogen blauen Luftpostpapiers eng beschrieben.

»Sehr geehrter Herr Dr. Raven«, las er.

»Sie kennen mich nicht, und ich wage auch nur, Ihnen zu schreiben, weil ich keinen Ausweg mehr weiß. Um Ihnen dies zu erklären, muß ich mit einem Ereignis beginnen, das sich vor einigen Monaten zutrug. Ich übernahm damals eine Praxis ganz in der Nähe Ihres Hauses. Und schon bald darauf lernte ich Ihre Tochter Lena kennen ...«

Robert Raven las von der Liebe dieses jungen Mannes zu seiner Tochter.

Wie ihre Bekanntschaft begonnen und abrupt von Lena beendet worden war.

Einer Lena, die er, der Vater, gar nicht kannte. Die ihre Mutter in der Schweiz von heute auf morgen verlassen hatte, um in Heidelberg zu studieren; der Anlaß hierfür – ein Geheimnis. Aber was viel verwirrender, viel schlimmer war: Alexandra hatte ihre Tochter zurückgerufen, weil sie an einer Lähmung erkrankt war.

Seither hatte dieser junge Doktor Bertram vergebens versucht, Lena und ihre Mutter in der Schweiz, in Zürich, aufzuspüren.

Beide schienen seither verschollen.

Bertram erbat nun seine, Ravens, Hilfe. Er bat, ihm die Schweizer Adresse der beiden Frauen mitzuteilen. Er bat den Vater, wenn möglich, um eine Erklärung des seltsamen Benehmens seiner Tochter.

Robert Raven saß eine lange Zeit wie erstarrt.

Hier der Brief des jungen deutschen Arztes aus Siegburg, in dem deutlich zu lesen stand, daß Alexandra an einer Lähmung erkrankt war.

Dort 30 Briefe von Alexandra, die nicht ein Wort davon erwähnte.

Neue Zweifel, neue Angst und das würgende Gefühl in der Kehle, daß Alexandra ihn doch hinterging, ihn doch belog.

Denn wenn sie krank war, wenn sie gelähmt war, sollte er als ihr Mann schließlich der erste sein, der es erführe.

»Amrah!« Seine Stimme klang wie die eines alten Mannes, und seine Haltung, sonst so aufrecht, sonst so selbstsicher, war die eines vorzeitig Gealterten.

Der Diener erschien wie stets lautlos auf nackten Sohlen, rasch, eifrig. »Ja, Sahib?«

»Pack meine Koffer!«

»Sahib!«

»Ich fliege nach Europa.«

»Nach Europa, Sahib? Aber du kommst doch zurück, Sahib?« fragte Amrah, und seine dunklen Augen, rund und riesengroß, begannen feucht zu schimmern. »Du kommst doch zurück, um uns zu helfen, Sahib? Um Chadura zu helfen, Sahib?«

»Ich weiß es nicht«, antwortete Robert Raven heiser. Er mußte sich abwenden, um nicht länger das enttäuschte Gesicht seines Dieners zu sehen.

XII

Einen Tag und eine Nacht lang.

24 Stunden lang Schmerzen, die sie zerreißen.

Schmerzen, die sie schreien lassen wie ein Tier.

Heulen lassen, daß es häßlich von den weißgeölten Wänden widerhallt.

Alexandra Raven lag im Kreißsaal, und die Frühgeburt war eingeleitet worden.

Der Professor selbst hatte den Eingriff vorgenommen.

Der Professor selbst kümmerte sich um sie.

Sein rosiges Greisengesicht wurde für Alexandra 24 Stunden lang zur Fratze eines Teufels. Sie verfluchte und verdammte ihn. Und sie flehte ihn um Erlösung an. Er versprach zu helfen. Er gab ihr Spritzen.

Sie spürte die Einstiche kaum, zu stark waren die Schmerzen. Diese Schmerzen, die in ihrem Leib wühlten, ihn mit flüssigem Feuer erfüllten.

Das Kind würde niemals lebend zur Welt kommen. Das Kind würde gewiß tot geboren werden.

Das war die einzige Befriedigung, die Alexandra im Inferno ihres selbstverschuldeten Leidens empfand.

Das Kind mußte tot sein, wenn es zur Welt kam.

Dann war sie wieder rein, frei von der Schuld. Dann würde es sein, als habe sie Robert nie betrogen. Als habe es nie einen anderen Mann, nie andere Männer gegeben.

Von der Sünde befreit – an diesen Gedanken klammerte sie sich. Belog sich selbst.

Einen Tag und eine Nacht lang.

Und dann war es ganz plötzlich vorbei. Noch einmal rasender, atemabschnürender Schmerz, dann, von einer Sekunde auf die andere, wurde es Nacht um sie.

Als Alexandra wieder aus der Finsternis auftauchte, empfand sie nichts, empfand sich selbst nur als schwerelos.

Über ihr war immer noch der weiße, grell von Lampen ausgestrahlte Himmel, um sie waren weiße Schwestern und weiße Wände.

Und dann hörte sie den krähenden Kinderschrei. »Es ist ein Mädchen«, hörte Alexandra jemand sagen.

Sie wollte weinen, aber nur trockenes, würgendes Schluchzen kam aus ihrer Kehle.

Und diesmal spürte sie den Einstich der Spritze ganz genau, wußte, daß er ihr noch eine kurze Gnadenfrist des Vergessens schenken würde.

Unruhig lief Lena Raven an diesem gewittrigen Nachmittag des 11. Juli in ihrem Zimmer in der Pension Weber in Zürich auf und ab.

Sie war von einer nervösen Unruhe gepackt, die ihre vergeblichen Anrufe, ihre vergeblichen Besuche in der Clinique Latour ausgelöst hatten.

Seit vier Tagen ließ sich der Professor verleugnen.

Seit vier Tagen hatte man ihr nicht mehr erlaubt, ihre Mutter zu sehen.

Sie wußte nicht, daß Alexandra das Kind ihres Geliebten schon geboren hatte.

Sie wußte nicht, daß Alexandra sich seither in einem akuten Zustand der Hysterie, jähen Wutausbrüchen und Erschöpfungszuständen, befand.

Lena wußte nur, daß sie Angst hatte, tiefe, häßliche Angst vor einem noch unbekannten Unheil.

Es gab niemanden, an den sie sich um eine Erklärung oder um Hilfe hätte wenden können.

Und sie ahnte nicht einmal, wie berechtigt ihre Angst war. Denn an diesem Nachmittag geschahen zwei Dinge:

Vor einem einsamen Haus in den Bergen, in der Nähe von Zürich, fuhr eine unauffällige, dunkelgraue Limousine vor.

Drei Herren stiegen aus, betraten rasch das Haus.

Widerstandslos war ihnen von dem unscheinbaren, allzu durchschnittlich aussehenden Herrn Grindle geöffnet worden.

Anstandslos – weil zu überrascht – ließen sich Herr und Frau Grindle von den Beamten der Schweizer Kriminalpolizei verhaften, die sie ›der Vermittlung von unerwünschten Kindern an willige Adoptiveltern, welche die normalen bürokratischen Formalitäten scheuten‹, bezichtigten.

Der Professor der Clinique Latour erhielt hiervon durch einen befreundeten ›Mittelsmann‹ Kenntnis.

Er hatte daraufhin nichts Eiligeres zu tun, als Alexandra Raven aufzusuchen.

Alexandra Raven saß noch sehr geschwächt, an dem kleinen Schreibtisch ihres Zimmers, schrieb gerade an ihren Mann in Indien.

Der Professor hielt sich nicht mit unnötigen langen Vorreden auf.

»Sie müssen uns heute noch verlassen«, sagte er. Seine blauen Augen zeigten einen ungewohnt harten Ausdruck. Sein Mund, normalerweise feucht und rosig, war zwischen scharfe Falten gesetzt.

Er präsentierte Alexandra die Liquidation für die an ihr vorgenommene ›Behandlung‹ – eine Kur zur Beseitigung hochgradiger nervöser Reizbarkeit, verbunden mit Lähmungserscheinungen.

»Was soll das?« Verständnislos hatte Alexandra das Attest überflogen.

»Der Himmel hatte uns Ihre Lähmung geschickt«, sagte der Professor. »Ein besseres Alibi konnten wir uns gar nicht wünschen.

»Ein Alibi?« fragte Alexandra mit einem verwirrten Auflachen. »Und Sie wollen mich heute entlassen?«

»Ich muß, Madame«, sagte der Professor. »Ich bin sogar gezwungen, Sie zu bitten, die Klinik unverzüglich zu verlassen!«

»Machen Sie keine Scherze!« sagte Alexandra. »Wir hatten doch verabredet, daß ich hierbleibe, bis ich wieder bei Kräften bin. Und außerdem sollen die Grindles das Kind doch in den nächsten Tagen abholen.«

»Sie werden mit Ihrem Kind meine Klinik verlassen!«

»Aber Professor –«

Er ließ sie nicht zu Wort kommen. »Unvorhergesehenes ist geschehen. Die Polizei ist den Grindles auf die Spur gekommen. Man hat sie eben erst verhaftet. Wenn die Grindles nicht dichthalten – darf man Sie auf keinen

Fall mehr hier vorfinden. Also – Ihr Taxi ist schon bestellt!«

»Nein«, sagte Alexandra. »Nein!« stieß sie hervor.

Ihre Hände umkrampften die Liquidation, rissen sie entzwei. »Sie dürfen mich nicht im Stich lassen. So nicht. Das lasse ich nicht zu!«

»Madame, seien Sie vernünftig.«

»Ich will nicht vernünftig sein! Sie hätten mir vor zwei Monaten ja noch auf andere Weise helfen können. Sie hätten mir damals nur das Kind zu nehmen brauchen. Aber Sie wollten mehr an mir verdienen! Statt 3000 Franken für einen normalen Eingriff wollten Sie 6000!« Sie schlug mit der flachen Hand auf das zerfetzte Papier. »Wenn Sie mich jetzt wegschicken, kriegen Sie keinen Pfennig. Keinen Pfennig! Das schwöre ich Ihnen!«

Ich werde Kontakt mit Ihnen aufnehmen«, versprach der Professor. »Wir werden jemanden anderen finden, der sich Ihres Kindes annimmt. Ich kenne da ein Kinderheim. Nur, wir müssen Vorsicht walten lassen, dürfen nichts überstürzen.«

»Sie haben mich lange genug vertröstet«, begehrte Alexandra auf. »Ich kann Ihnen nicht mehr glauben. Aber ich werde auch nicht zahlen. Keinen Pfennig, bevor ich das Kind los bin!«

Sie sah ihn aus geschlitzten Augen an, lauernd, mit einer gewissen Überlegenheit. Sie kannte seine Geldgier, und deswegen hatte sie ihn noch in der Hand.

»Wann kommt das Taxi?« Sie hatte sich erhoben, begann ihre persönlichen Dinge in den kleinen Koffer zu packen.

»In einer Viertelstunde etwa.«

»Man soll mir das Kind nicht vorher bringen. Erst in die Halle.«

»Wie Sie wollen, Madame.« Der Professor verließ sie

mit einer Verneigung, die ihn große Überwindung kostete; das sah sie genau. Und sie wußte, er war zu ihrem Feind geworden.

Alexandra kleidete sich an. Ihre Hände zitterten. Ihr Gaumen war trocken. Auf ihrer Stirn spürte sie Schweißperlen.

Sie hatte mit einemmal große Angst.

Schwester Barbara wartete schon in der Halle, als Alexandra herunterkam. Sie trug das Kind, in eine flauschige, rosa Decke gewickelt, auf dem Arm.

Ein Zipfel davon war gegen die abendliche Kühle über das kleine Gesicht geschlagen.

Alexandra konnte nur den winzigen, blaßroten, feuchten Mund sehen.

»Es ist ein braves Mädchen«, sagte Schwester Barbara. »Sie werden viel Freude daran haben. Es schreit nie.« Mit einer Gebärde, als tue sie es nur ungern, legte sie Alexandra das Baby in den Arm.

Alexandra sagte nichts. Sie konnte nichts sagen. Ihr Kopf, ihr Bewußtsein waren wie leergefegt.

Sie verließ die Clinique Latour, ohne sich von irgend jemandem zu verabschieden. Sie blickte sich nicht ein einziges Mal um, als sie in dem Mietwagen die weißgekieste Einfahrt hinunterfuhr, durch das Tor hinaus, in die Straße bog.

»Wohin?« fragte der Taxichauffeur.

Mit einem harten Auflachen wies sie ihn an, zur Pension Weber in der Hürtlistraße zu fahren.

Und mit bitterer Ironie stellte sie sich vor, sie hätte statt dessen gesagt, zum ›Esplanade‹. Und das Gesicht des Empfangschefs dort, wie Madame, ein Babybündel im Arm, die exklusive Halle betrat.

Lena sah das Taxi vor der Pension halten und ihre Mutter aussteigen.

Der Taxichauffeur trug ihren Koffer zur Haustür, ging dann zum Wagen zurück, beugte sich herein, brachte das rosa Deckenbündel zum Vorschein, legte es ihrer Mutter in den Arm.

Das Kind! Es war also geboren!

Wie um einen Aufschrei zu unterdrücken, preßte Lena beide Hände vor den Mund.

Und ihre Mutter kann damit hierher?

Also hatte der Professor Wort gehalten. Die Würfel waren gefallen.

Er hatte versprochen, ihre Mutter zu einem Leben in Wahrheit zu zwingen, sie zu überreden, ihre Schuld zu bekennen, das Kind zu behalten, aufzuziehen.

Lena spürte, wie ihr Herz mit einemmal vor unsäglicher Erleichterung heftig zu schlagen begann.

Sie lief aus dem Zimmer, die Treppe hinunter.

»Mama! O Mama!« Sie umarmte Alexandra in der kleinen dämmerigen Halle der Pension. »Ich bin ja so glücklich!«

»Bist du verrückt geworden?« fragte Alexandra. »Es besteht doch wahrhaftig kein Grund zur Freude.« Ihre Augen waren von einem stumpfen Schwarz, ausdruckslos, ihre Wangen schneeweiß.

»Aber –«

»Ich erklär's dir später. Bezahl den Fahrer. Und dann trag mein Gepäck hinauf. Kann ich hier ein Zimmer bekommen?«

»Es ist nichts frei, das weiß ich. Aber mein Zimmer ist groß genug für uns drei.«

Ihre Mutter verzog ärgerlich den Mund, aber dann

preßte sie nur die Lippen fest aufeinander, wandte sich abrupt um, stieg die Treppe hinauf.

Lena entlohnte den Fahrer, nahm den Koffer auf, folgte ihrer Mutter.

Oben, in Lenas Zimmer, legte Alexandra das Kind aufs Bett. Sie fuhr sich mit beiden Händen durch ihr wolkig-schwarzes Haar. »Hast du ein Bad? Ich brauche dringend ein heißes Bad.«

»Du kannst duschen, Mama. Es ist gleich über den Flur«, sagte Lena eifrig, wie um die schon nagenden Zweifel zu übertönen. Sie mußte Geduld mit ihrer Mutter haben, wegen all dem Schweren, was jetzt auf sie zukam.

»Wie, nicht mal ein eigenes Duschkabinett?«

»Das gibt es hier nicht.«

»Na schön, lange bleibe ich sowieso nicht hier.« Alexandra nahm ihre Kosmetikbox auf. Draußen klackten ihre Schritte hart und ärgerlich über den Flur.

Lena beugte sich über das Baby auf dem Bett. Sacht zog sie den Deckenzipfel zurück, der das winzige Gesicht des kleinen Mädchens bedeckte.

Sie hielt den Atem an.

Nie zuvor hatte sie das Gesicht eines Kindes von so vollkommener Schönheit gesehen.

Wie Elfenbein war die Haut. Zart und delikat der Knochenbau, schon jetzt die deutlich ausgeprägten hohen Wangenbögen, wie sie selbst und Alexandra sie besaßen. Und über die im Schlaf geschlossenen Lider flauschte sich rotgoldenes Seidenhaar in die runde Stirn.

»Du bist ja ein Engel«, murmelte Lena, »ein kleiner goldener Engel.«

Sacht strich sie über die runde Kinderwange.

Und sie empfand in diesem Moment nur Ehrfurcht,

daß es so etwas Vollkommenes wie dieses winzige Kind gab.

»Du mußt glücklich sein, Mama!« rief Lena spontan, als ihre Mutter aus dem Duschbad zurückkehrte.

»Glücklich?« Alexandra starrte sie an.

»Es ist solch ein wunderschönes Mädchen. Ich bin ja so froh, froh, daß du dich dafür entschieden hast.«

»Was redest du für einen Unsinn? Ich mich entschieden habe? Für das Kind?«

»Aber hast du nicht – hat nicht der Professor mit dir gesprochen?« Lena spürte die Angst wie eine plötzlich aufbrechende Wunde.

»Was soll er mit mir besprochen haben?«

»Daß du – das Baby behalten wirst?« Lena hörte selbst, wie flehend ihre Stimme klang.

»Du bist wirklich übergeschnappt!« Alexandra zündete sich mit flatternden Händen eine Zigarette an. Sie warf nicht einen einzigen Blick auf das Kind. Sie schritt zum Schreibtisch unter dem Fenster, lehnte sich dagegen, sog an ihrer Zigarette. Ihre dunklen Augen waren von den nachdenklich gekräuselten Brauen beschattet.

»Aber du wirst es doch behalten?« fragte Lena drängend, und ihr Blick ging von dem Kind zu ihrer Mutter und zurück.

»Unsinn! Ich will es so schnell wie möglich loswerden.«

Die Beine trugen Lena nicht mehr. Sie sank neben dem Kind auf das Bett, unwillkürlich legte sie schützend ihre Hand um den kleinen Kopf. Seidenweich schmiegte sich die Kinderwange in ihre Handfläche.

»Diese Leute, du weißt schon, die vom grauen Kindermarkt«, sagte Alexandra ungeduldig, »sind verhaftet worden. Der Professor hat mich aus der Klinik geworfen. Er bekam's plötzlich mit der Angst zu tun. Aber ich werde einen anderen Weg finden. Ich muß einen anderen Weg finden.« Alexandra drehte sich um, starrte aus dem Fenster. »Traust du dir zu, für ein paar Tage mit dem Kind umzugehen?«

»Ja – warum nicht?« fragte Lena verwirrt.

»Schön. Dann bleibt es hier.«

»Und du?«

»Ich ziehe wieder ins ›Esplanade‹. Rothenburg muß weiterhelfen. Er ist schließlich schuld, daß ich auf den Professor hereingefallen bin.«

»Du wirst dich – also nie ändern?« fragte Lena heiser.

»Warum sollte ich?« Alexandra blickte sich nicht einmal nach ihrer Tochter um.

»Du weißt womöglich nicht einmal, ob du einen Sohn oder eine Tochter geboren hast?« Lenas Stimme hob sich.

»Ganz recht«, sagte Alexandra, »und es interessiert mich auch nicht.«

»Wenn mir das Kind nicht leid täte, würde ich dich hinauswerfen!« stieß Lena hervor »Dich – meine eigene Mutter. Du bist schlecht! Du bist gemein! Ja, du, meine eigene Mutter. Ich hasse dich!«

»Beherrsche dich und halt den Mund!« Diesmal wandte Alexandra sich um.

Und nun war nichts mehr zwischen diesen beiden Frauen als unüberbrückbarer Haß.

»Ich wünschte, du wärest tot«, flüsterte Lena. »Ja, ich wünschte, du wärest tot.«

XIII

Die Kristalleuchter des Speisesaals versprühten ihr Regenbogenlicht.

Weiß schimmerte der Damast, silbern das Besteck, cremefarben das Porzellan. Gelbe Rosen spiegelten sich taubetropft in ihren Silbervasen.

Alexandra Raven, in einem schwarzen Kleid von zeitloser Eleganz, schwarze Perlen um den schmalen weißen Hals, dinierte allein.

Es gab niemanden in dem riesigen Saal, der diese schwarzhaarige, weißhäutige Frau mit diesen großen unschuldigen Märchenaugen nicht bewundert hätte.

Und obwohl sie in einer Nische saß, war es, als sei gerade sie der Mittelpunkt dieser Drehscheibe von Reichtum, Eleganz, echter und falscher Schönheit.

Sie speiste mit Genuß.

Eine Lady Curzon.

Seezunge à la mare germaine.

Filet Mignon.

Omelett Alaska.

Als sie zum schwarzen Kaffee ihre Zigarette in den langen Elfenbeinhalter schob, stürzten gleich drei der schwarzbefrackten Kellner herbei, ihr Feuer zu geben.

Sie dankte mit dem leisen, wortlosen Lächeln.

Sie war sich voll und ganz der Aufmerksamkeit bewußt, die sie erregte, sie badete in der Bewunderung, die ihr galt.

Mit einem unhörbaren Seufzer dachte sie, wie lange habe ich das entbehrt?

Der gesamte Empfang des Hotels hatte sie zu ihrer gesunden Rückkehr beglückwünscht; schließlich hatte sie ja auch dieses Haus unter dramatischen Umständen als Gelähmte verlassen.

Natürlich standen ihr nun wieder die gewohnten Räume zur Verfügung, und natürlich war man wie zuvor bemüht, ihr jeden auch nur erdenklichen Wunsch zu erfüllen.

Oh, es war köstlich, so dachte sie, wieder schön zu sein, wieder frei – wenigstens für diesen einen Abend.

Sie hatte sich entschlossen, an diesem einen Abend keinen Gedanken an das Kind und seine ungewisse Zukunft zu verschwenden. Und erst recht nicht an Lena, die, das wußte sie, ihr nun für immer entglitten war.

Alexandra trank ihren Kaffee, sie nippte an einem Grand Marnier, sie rauchte und erwiderte das bewundernde Lächeln eines gutaussehenden Mannes mit einem unschuldig-verwirrten Flattern ihrer Lider.

So liebte sie das Leben.

So war es, wie es eigentlich stets für sie hätte sein sollen.

Ohne Probleme, ohne Sorgen, ohne Schwierigkeiten.

Die würden morgen wieder da sein.

Denn morgen würde ihr zäher Kampf mit Rothenburg beginnen. Daß es ein Kampf bis aufs Messer wurde, dessen war sie gewiß, und den Bruchteil einer Sekunde lang überzog sich ihre Haut wie mit Frost.

Aber sie würde ihn durchstehen und letzten Endes ihre Zukunft doch noch nach ihren Wünschen formen.

Sie hatte ja Zeit.

Viel Zeit sogar noch.

Bis Robert aus Indien zurückkehrte, würde noch mindestens ein Jahr vergehen.

»Alexandra«, ihr Name geflüstert wie aus dunklen Träumen.

Sie lächelte abwesend vor sich hin.

»Alexandra«, ihr Name wiederholt mit heiserem Räuspern.

Da fuhr ihr Kopf hoch.

Sie starrte ihn an.

Den großen, mageren Mann im grauen Reiseanzug. Das Gesicht tief gebräunt, von Falten durchzogen, die sie nicht kannte. Die großen grauen Augen, Lenas Augen, von tiefem, ungläubig glücklichem Glanz erfüllt. Das weiß gewordene Haar.

Er beugte sich vor, seine Hände ergriffen ihre Hand, preßten sie an seine trockenen Lippen.

»Alexandra«, murmelte er wie jemand, der dürstend nach Wasser verlangt, wie jemand, der verhungernd nach einem Stück Brot giert.

Er bedeckte ihre Hand mit Küssen.

»Robert!« flüsterte sie ungläubig. »Robert«, wiederholte sie entsetzt.

Er ließ ihre Hand los. »Ich habe dich überrascht. Dich erschreckt?« Er lächelte so jungenhaft glücklich, daß sein Gesicht mit einemmal auch nicht mehr die leisesten Spuren des kürzlich erst in Rom überstandenen schweren Fiebers zeigte.

»Wir erregen Aufsehen!« sagte Alexandra mit dieser heiseren Stimme, die gar nicht ihr zu gehören schien. »Setz dich doch. Mein Gott, wo kommst du her?« Wieso bist du hier?«

»Ich hielt es nicht mehr aus. Ich mußte dich wiedersehen.« Er hatte sich ihr gegenüber an den Tisch gesetzt. Er griff wieder mit beiden Händen nach ihrer Hand, preßte sie, streichelte sie. »Alexandra, wie schön du bist. Wie wunderschön.«

Sie lächelte, zwang sich zu lächeln. »Ich begreife es nicht. Du bist hier. Es ist wie ein ...«

»... Traum, nicht wahr?« vollendete er ihren Satz.

Wie ein Alptraum, dachte sie. O mein Gott, was soll ich nur tun?

»Laß uns nach oben gehen. Hier sind so schrecklich viele Menschen.« Er lachte wieder dieses jungenhafte, dieses glückliche Lachen.

»Aber«, und da war er ernst, »wo ist eigentlich Lena? Der Empfang sagte mir, du seiest allein? Und heute erst zurückgekehrt?«

»Ja, ich –«

»Warum hast du es mir verschwiegen in deinen Briefen? Warum hattest du so wenig Vertrauen zu mir? Warum mußte ein Fremder mir schreiben?«

»Was?« fragte sie kaum hörbar, und da war es, als preßte eine Faust ihren Magen zusammen, preßte ihre Brust zusammen, daß sie keine Luft mehr bekam.

»Du warst krank? Du hattest eine Lähmung? Wie konnte das nur geschehen?«

»Ich erzähl' es dir später«, wich sie aus, »du siehst ja, es geht mir wieder gut.« Sie hoffte, daß es überzeugend klang, sie hoffte, daß dieses eine eine Mal noch, unter dem verräterisch gleißenden Licht der Kronleuchter des Speisesaals, das Lächeln ihr gelang.

»War es, weil Lena dich verlassen hatte? Ich weiß doch, wie du an ihr hängst. War es, weil sie mit ihrem Studium anfangen wollte, von dem du nichts hältst?«

»Woher weißt du das nur alles?« fragte sie mit einer beinahe gelassenen Verwunderung, die sie selbst überraschte.

Robert lachte wieder dieses jungenhafte Lachen.

»Ich weiß sogar, daß es da einen jungen Mann namens Christoph Bertram gibt, der sich brennend für unsere Tochter interessiert.«

Und im gleichen Moment, in der gleichen Sekunde wurde der schwärzeste Plan, den Alexandra je erfunden, die sündigste Lüge ihres Lebens geboren.

»Ich habe Schweres durchgemacht«, flüsterte sie und ließ ihre langbewimperten Lider hilflos flattern. »Lena hat mich schrecklich enttäuscht. Aber darüber wollen wir jetzt nicht reden. Nicht einmal daran denken. Nur an uns. Lieber –«, sie sah ihren Mann mit diesen schwarzen Sternenaugen an, »laß uns nach oben gehen. Ich will mit dir allein sein, später –«, und hier krümmte ein Lächeln ihre Lippen, für das man sie in anderen Jahrhunderten als Hexe verbrannt hätte, »viel später will ich dir alles erzählen, was du wissen mußt.«

Alexandra hatte nur die Stehlampe in ihrem Appartement im ›Esplanade‹ brennen lassen; ihr Schein verlieh dem Purpur der Portieren und Drapieren vor den Fenstern tiefe, warme Leuchtkraft.

Seidig schimmerte der Teppich, cremig die Laken des aufgeschlagenen Bettes.

Robert Raven glaubte in der Stille des Wartens auf Alexandra das Zerplatzen der winzigen Perlen in den Champagnerkelchen zu hören.

Er saß bequem zurückgelehnt, die Arme über die schwellende Lehne des Sofas gebreitet, und lächelte mit halbgeschlossenen Augen vor sich hin.

Er war heimgekehrt, zu Alexandra heimgekehrt.

Er würde sie in seinen Armen halten und vergessen, was gewesen war.

Der anonyme Brief, der Alexandra des Ehebruchs beschuldigte, seine ungewollten Zweifel, seine Ängste, diese Frau zu verlieren, verebbten nun in einer einzigen Welle der Erwartung und des Verlangens.

»Lieber?« fragte sie sehr sanft, und er öffnete die Augen weit.

Alexandra kam barfüßig in einem langen, dünnen, jede Linie ihres Körpers nachzeichnenden blaßgelben Negligé auf ihn zu.

So hatte er sie in seinen Träumen gesehen in den dumpfheißen Nächten von Chadura.

Sie blieb nah vor ihm stehen, ihre Knie berührten seine Knie.

»Gefällt dir, was du siehst?« fragte sie mit dieser sanften Stimme, die wie eine Liebkosung war.

Sie neigte ihr Gesicht, und die Rabenflügel ihres Haares verdeckten ihre Wangen. Er sah nur noch diese großen schwarzen Sternenaugen, sah nur noch den großen tiefroten, leidenschaftlichen Mund.

Er riß sie in seine Arme und hörte sich selbst aufstöhnen, und es war Qual und Erlösung zugleich.

Später, in der Nacht, lag Alexandra in seinen Armen wie ein Kind, schmal und zart und müde.

Er wußte, daß sie zwischen Wachen und Schlaf schwankte, er kannte den Rhythmus ihres Atems.

»Du hast mir noch nichts von Indien erzählt«, murmelte sie. »War es diesmal sehr schlimm?« Er spürte ihre Hand auf seiner Hüfte, und sie lachte leise. »Du bist nämlich so mager geworden.«

»Auch alt?« fragte er und lächelte seiner Angst vor ihrer Antwort zum Trotz in die Dunkelheit.

»Nie alt«, murmelte sie. »Du kannst nie alt werden.« Sie rieb ihre Wange an seiner Brust und schmiegte sich fester in seinen Armen. »Hast du manchmal an mich gedacht?«

»Immer, Tag und Nacht«, sagte er und verschwieg, daß daran die Zweifel schuld gewesen waren, die der anonyme Brief entfacht hatte. Verschwieg, daß er fast verrückt geworden war, vor Sorge, er könnte sie verloren haben.

»Bist du auch fleißig gewesen?« murmelte sie wie ein Kind, dessen Neugier stärker ist als seine Müdigkeit.

»Ich habe eine Droge gegen Hautkrebs entdeckt«, sagte er einfach.

Alexandra lag ganz still in seinen Armen. Er spürte, wie gespannt sie auf einmal war. »Das wird dich weltberühmt machen, nicht wahr?« fragte sie, plötzlich ein bißchen atemlos.

»Vielleicht«, gab er zu und lächelte wieder, denn er kannte ihre Eitelkeit, wußte, daß sein Ruhm sie nur interessierte, um sich darin zu sonnen. Aber er verzieh ihr auch dies als liebenswerte Schwäche, wie er ja all ihre Fehler nur als Schwächen sah.

»Und du?« fragte er, »was hast du in den anderthalb Jahren gemacht? Warst du brav?« Er fragte es leichthin, denn er kannte die Antwort im voraus, auch wenn es eine Lüge sein mochte.

»Natürlich«, sagte sie ein bißchen zu rasch. »Ich – habe mich um den Haushalt gekümmert. Ich habe ein paar Zeichenstunden genommen und mein Französisch wieder ein bißchen aufpoliert.«

»Und warum hast du mir nicht geschrieben, daß du krank warst?« fragte er, immer noch so leichthin.

»Aber Robert!« Er spürte, wie ein Frösteln über ihren Körper lief. Und dann war mit einemmal Furcht in ihrer Stimme. »Woher weißt du denn das?«

»Ich erzählte dir doch, daß ich von einem jungen Mann namens Bertram einen Brief bekommen habe. Er schrieb mir, daß du gelähmt seist und daß Lena deswegen ihr kaum begonnenes Sprachenstudium in Heidelberg abgebrochen habe. Wo ist sie überhaupt jetzt? Ist sie wieder zu Hause in Siegburg?«

Alexandra antwortete nicht. Sie preßte nur ihr Gesicht an seine Brust. Und dann spürte er ihre Tränen.

Da ahnte er, daß es etwas Ungeheuerliches war, das sie ihm sagen würde.

Da wußte er, daß die nächsten Minuten über ihrer aller Leben entscheiden würden.

»Was ist mit Lena?« fragte er und wollte es jetzt wissen. Jetzt sofort. Er mußte es jetzt erfahren, um es ertragen zu können.

Ich – vor einem Dreivierteljahr war ich nicht ganz in Ordnung«, begann Alexandra. »Ich – sehnte mich so nach dir. Ich wurde ganz krank davon. Aber ich wollte es dir nicht schreiben. Du solltest dich nicht beunruhigen. In dieser Zeit begann Lena sich plötzlich zu verändern. Du weißt doch, sie war immer so brav, so nachgiebig. Plötzlich nun stellte sie sich bei jeder Gelegenheit gegen mich, gab Widerworte, wurde trotzig.«

»Alexandra, gehört das denn alles dazu?« unterbrach Robert sie.

»Ja, denn in jener Zeit ist es passiert!« Alexandra stieß es wie unter Anstrengung hervor. Ihr Atem ging auf einmal ganz schnell und heftig.

»Damals muß Lena den Kerl getroffen haben. Damals muß es passiert sein. Und ich habe noch monatelang nichts geahnt, habe nichts gemerkt. Oh, Robert, ich wünschte, ich wäre tot. Ich fühle mich so schuldig. Ich hätte bestimmt besser auf sie aufpassen müssen. Aber ich verzehrte mich in Sehnsucht nach dir, und das machte mich für alles andere blind.«

»Lena hat eine Affäre gehabt? Mit einem jungen Mann?« fragte Robert Raven und hörte selbst, wie spröde seine Stimme klang. Unwillkürlich rückte er etwas von Alexandra fort.

»Nein. Keine Affäre. Sie – Lena war auf irgendeiner Party. Sie hat zu viel getrunken, und dann ist es passiert. Sie weiß noch nicht einmal, mit wem.«

»Du – du meinst doch – nicht, daß sie …«

»Doch!« Alexandra schrie es. »Ja. Und als ich davon erfuhr, war es schon zu spät. Jetzt hat Lena ein Kind bekommen.«

Es schlug wie mit Hämmern in seine Brust.

»Nein!« hörte er sich selbst krächzen.

»Mein armer Robert. Mein armer, armer Robert. Ich weiß, es ist furchtbar. Ich weiß, es ist entsetzlich. Oh, ich wünschte, ich hätte es dir nie zu sagen brauchen. Ich wünschte, ich hätte es dir ersparen können. Ich habe versagt, nicht wahr? Es ist meine Schuld. Ich habe immer nur an uns gedacht, an dich und mich, und ich habe Lena darüber vernachlässigt, und da ist sie dem ersten besten in die Hände gefallen.«

»Aber das gibt es doch nicht!« preßte er zwischen zusammengebissenen Zähnen hervor. »Lena kann doch so etwas nicht getan haben.« Er schob Alexandras Hand weg, er richtete sich auf.

Er brauchte Licht, Luft, Atem. Er erhob sich, stand einen Moment lang schwankend, mußte sich am Bettpfosten festhalten.

»Robert!« Alexandras Gesicht war schneeweiß und entsetzt im Licht der Nachttischlampe. »Robert, was ist dir?«

»Übel – kein Wunder – der Schock«, die Worte quollen in seinem Mund auf, daß er sie kaum über die Lippen bekam. »Meine Tabletten –« Er sackte auf die Bettkante zurück, saß da, starrte auf seine Hände, deren Adern pochende dunkelblaue Wülste waren.

Alexandra lief zu seinem Jackett, brachte ihm die roten Kapseln, lief ins Bad, holte ein Glas Wasser. Sie hielt seinen Kopf, während er nur unter äußerster Anstrengung die Tablette schluckte.

»Ich wünschte, ich hätte es dir nicht zu sagen brauchen. Ich wünschte ...«

»Wo ist sie?« fragte er. »Wo ist Lena?«

»Noch hier in Zürich. In einer kleinen Pension.«

»Ich will zu ihr!«

»Aber doch nicht jetzt. Nicht mitten in der Nacht.«

Alexandra versuchte, ihn in die Kissen zurückzudrücken.

»Laß mich.«

Heftig schob er ihre Hände fort. Sie wich zurück.

»Robert, bitte! Robert, was willst du tun?«

»Was tut ein Vater, dessen Tochter sein Vertrauen mißbraucht hat?«

»Bitte, Robert, bitte, sei vernünftig. Du hast einen anstrengenden Flug hinter dir. Du bist nicht ganz in Ordnung. Bitte, du darfst dich jetzt nicht noch mehr aufregen.«

Aber er zog sich an, schnell, mit automatischen Bewegungen. Er griff zum Telefon, bestellte ein Taxi.

Auch Alexandra kleidete sich jetzt hastig an. Ihr flogen die Hände, Robert mußte ihr den Reißverschluß des Kleides schließen.

»Ich wünschte, du würdest hierbleiben«, sagte er, aber sie schüttelte nur stumm und heftig den Kopf.

»Ich gehöre an deine Seite«, sagte sie. »Wir beide müssen das gemeinsam durchstehen.«

Alexandra dachte: Wir werden sie überraschen. Wir müssen sie so überraschen, daß sie nicht zu Wort kommt. Es muß gelingen, es muß einfach. Es ist meine einzige, meine letzte Chance. Was verliert sie schon dadurch? Nichts! Eines Tages wird Robert ihr verzeihen, einem jungen, dummen, naiven Mädchen. Väter verzeihen ihren Töchtern immer. Aber mir, mir könnte er nicht verzeihen, wenn er die Wahrheit wüßte. Deswegen ist dies meine letzte Chance. Denn ich will Robert nicht verlieren. Ich darf ihn nicht verlieren. Alles andere ist mir egal.'

Aber die panische Furcht, daß es dennoch mißlingen würde, daß Lena einmal, ein einziges Mal in ihrem Leben, sich früh genug und mutig wehren würde, spickte Alexandras Magen mit brennenden Stichen.

Lena konnte nicht schlafen. Sie lag in ihrem Bett in dem einfachen Zimmer der Pension Weber, hielt das Kind in ihren Armen und hatte Angst zu schlafen.

Sie lauschte auf die kaum vernehmbaren Atemzüge, erahnte schon im voraus jede auch noch so winzige Bewegung, die der kleine, warme Körper machen würde.

So zart, so klein und in eine Welt geboren, die niemals, niemals gut zu ihm sein konnte.

Das Kind ihrer Mutter. Geboren aus einem Betrug.

Lena konnte es nicht hassen, nur Mitleid hatte sie.

Lieber Gott, dachte Lena, zeig mir doch einen Weg, zeig mir irgendeinen Weg, damit ich es beschützen kann.

Es kann doch nichts dafür, daß Mutter schlecht ist. Es kann doch wirklich nichts dafür.

Wenn ich älter wäre, dachte sie, unabhängig, dann würde ich es behalten. Dann würde ich einfach von zu Hause fortgehen und es behalten.

Aber wie es erklären? Wie es irgend jemandem erklären, daß sie ein außereheliches Kind ihrer Mutter großzog?

Christoph, dachte sie, lieber Christoph, vielleicht sollte ich doch Vertrauen zu dir haben? Vielleicht sollte ich dir doch alles erklären und dich um einen Rat bitten.

Aber die Scheu, andere Menschen mit ihren eigenen Problemen zu belasten, die durch die jahrelange Tyrannei ihrer Mutter in Lena gezüchtet worden war, würde sie letzten Endes auch davon abhalten.

Sie strich über den kleinen runden Kopf des Kindes in ihren Armen und dachte daran, wie viele Frauen auf dieser Welt im Angesicht eines solchen Kindes, das sie geboren hatten, zur Vernunft gekommen wären. Und sie dachte voller Haß und Abscheu: Nur eine nicht, und das ist meine eigene Mutter.

Lena hatte die Fenster hinter den Vorhängen einen Spalt weit aufgelassen, und so hörte sie das Bremsen eines Wagens unten vor dem Haus und gleich darauf das Schlagen seiner Türen.

Sie schenkte dem keine weitere Beachtung, denn machmal kamen Gäste der Pension erst um diese Zeit aus irgendeiner Kino- oder Theatervorstellung.

Lena wurde erst aufmerksam, als Schritte vor ihrer Zimmertür haltmachten und sie die stets ein bißchen weinerliche Stimme der Pensionsinhaberin hörte: »Aber Sie können doch nicht einfach mitten in der Nacht hier eindringen!«

Da klopfte es auch schon an ihre Tür. Hart und gebieterisch.

Lena ließ das Kind aus ihren Armen in das Kissen gleiten, stand rasch auf. Sie warf einen Morgenmantel über, lief zur Tür.

»Wer ist denn da?!« rief sie.

»Mach sofort auf!« Die Stimme ihres Vaters?

Aber das war doch unmöglich. Er war doch in Indien.

Mit vor Aufregung heißen, fahrigen Händen drehte sie den Schlüssel; ehe sie die Tür noch aufziehen konnte, wurde sie aufgestoßen.

»Vater! Vati!« Es war ein Aufschrei zwischen Jubel und Entsetzen, denn im gleichen Augenblick erkannte sie hinter ihm im Halbdunkel des Flurs das weiße weite Gesicht von Alexandra, die beide Hände vor den Mund preßte.

Und dennoch hob Lena die Arme und wollte ihren Vater umarmen, aber er stieß sie ins Zimmer zurück. Schloß schnell die Tür hinter sich.

Er sah sich um mit einem raschen, forschenden Blick.

»Wo ist das Kind?«

»Im Bett«, stammelte Lena. »Bitte, bitte, tu ihm nichts.«

Er starrte sie an, mit blutleeren, zusammengepreßten Lippen, mit schmalen, zornigen Augen.

Mit einem Schritt war er beim Bett, zog die Decke weg.

Starrte auf das Kind, dann wieder auf sie, seine Tochter.

»Dein Kind«, sagte er, und es war Verachtung, Ekel in seiner Stimme. »Ich habe ja geahnt, daß meine Tochter eine Dirne ist!« Und er schlug ihr mit dem Handrücken einmal, zweimal, rechts und links ins Gesicht.

Lena taumelte zurück.

Sie schmeckte Blut im Mund, Blut auf ihren Lippen, wollte aufschreien, nein, nein, das ist doch nicht wahr!

Aber da war ihre Mutter eingetreten, lehnte an der Tür, mit einem Gesicht aus Stein und sagte: »Ich konnte es deinem Vater nicht verschweigen. Es ging über meine

Kraft. Die Schande, oh, die Schande, die du uns angetan hast!« Und damit begann sie zu weinen. Kehrte sich gegen die Tür, preßte ihre Stirn dagegen.

Und im gleichen Augenblick erkannte Lena, was geschehen war, erkannte, daß ihre Mutter sie verraten, ihre Mutter sie mit der schwärzesten Lüge, einer Lüge, die über menschliche Vorstellungskraft geht, verraten hatte.

Aber ihr Vater glaubte die Lüge. Denn er trat zu ihrer Mutter und streichelte beruhigend ihren schmalen Rükken und murmelte beruhigend: »Weine nicht, Alexandra, weine nicht. Du bist ohne Schuld. Du bist ohne Fehl. Lena wird für ihre Leichtfertigkeit, für diese Schande, büßen.«

Da noch etwas sagen? Da sich noch wehren wollen oder können?

Aufschreien und sagen, nein, es ist nicht wahr! Hätte sie es doch nur gekonnt! Hätte sie es doch nur getan!

Aber sie dachte in diesen Minuten an vieles zur gleichen Zeit, blitzhafte Gedanken, die ihr Leben entschieden:

Was passiert mit dem Kind, wenn ich die Wahrheit sage?

Was mit meinem Vater?

Mutters Betrug würde er nie verwinden.

Auf die Lüge die Wahrheit, eine solche Wahrheit? Nein, niemals!

Wenigstens das Kind wird nun nicht leiden.

Und da fand Lena ihre Stimme wieder, und sie sagte: »Geht, bitte geht!«

Sie fügte leise, aber das hörte niemand mehr, hinzu: »Verzeih mir, Vater, daß auch ich dich jetzt belüge.«

Denn ihre Eltern gingen.

Robert Raven führte seine Frau, die zitterte und sich kaum auf den Beinen halten konnte, hinaus. Zurück blieb Lena.

Ein junges Mädchen, das die Liebe kaum gekannt und nie erfahren hatte, mit einem unehelichen Kind, das die eigene Mutter ihr unterschob.

Robert Raven stürzte den Sekt hinunter, als sei es Wasser. Er klingelte nach dem Zimmerkellner, befahl ihm, eine Flasche Whisky zu besorgen.

Die schmalen Augenbrauen des Weißlivrierten hoben sich indigniert. »Eine ganze Flasche, Monsieur?«

»Eine ganz Flasche!« befahl Raven.

»Sehr wohl, Monsieur!« Die Tür schloß sich mit einem dumpfen Laut.

»Robert, ich möchte dich nicht kritisieren«, sagte Alexandra sanft, »aber glaubst du wirklich, daß das gut für dich ist?« Sie legte ihm die Hände um den Nacken, massierte die verkrampften Muskelstränge. »Alkohol bekommt dir nicht.«

»Laß mich«, murmelte er. »Wenn ich das gewußt hätte ...«

»Ich konnte es dir nicht ersparen«, sagte sie. »Es tut mir so leid, aber was sollte ich denn tun?«

»Wie konnte das überhaupt geschehen? Ich begreife es nicht.« Er schlug beide Fäuste auf den Tisch. »Als ich nach Indien ging, war Lena noch ein Kind. Soll sie sich denn in einem Jahr so verändert haben? Soll denn in einem Jahr aus ihr eine –«

»Sag es nicht«, unterbrach Alexandra ihn schnell. »Glaube mir, sie leidet genauso darunter wie ich. Vielleicht war sie zu lange ein Kind ... Vielleicht war sie deswegen nicht gegen so etwas gefeit.«

»Du sagst, sie war auf einer Party?«

»Ja!«

»Was war das für eine Party?«

»Junge Leute, irgendwo in Bonn.«

»Aber wie konntest du sie überhaupt hingehen lassen, wenn du nicht einmal die jungen Leute kanntest?«

»Lena war mit einer Schulfreundin verabredet an jenem Tag. Sie wollten in Bonn ins Kino gehen. Irgendein alter amerikanischer Film mit Clark Gable lief. Ich blieb den ganzen Tag im Bett, ich fühlte mich so elend. Gegen Abend rief Lena an. Sie sagte, sie hätten noch Freunde getroffen und sie sei zu einer Geburtstagsfeier eingeladen worden. Sie sagte auch, sie käme nicht spät.«

»Und wann kam sie?«

»Es muß gegen zehn Uhr gewesen sein. Ich wunderte mich noch, daß sie nicht wie üblich zu mir ins Schlafzimmer kam, aber vielleicht dachte sie, ich schliefe schon. Am anderen Morgen war sie wie immer. Vielleicht ein bißchen stiller als sonst, aber das war alles.«

»Und wann hast du es dann entdeckt?«

»Ich wollte ihr ein paar neue Kleider kaufen, für den Sommer. Bei den Anproben war es. Sie hat natürlich bitterlich geweint –«

»Aber wie – wie ist es passiert?«

»Einer der Jungens hat sie von der Party im Wagen nach Hause gefahren. Lena wollte es zuerst nicht, aber die anderen Mädchen lachten sie aus, und da hatte Lena Angst, feige zu erscheinen.«

Robert ballte seine Hände zu Fäusten. »Und dieser Kerl? Hast du nicht nach ihm geforscht?«

»Ich bin zu einem Anwalt nach Bonn gegangen. Ich dachte, er wird mir raten können, was zu tun ist. Und er riet mir eigentlich von einer Verfolgung des jungen Mannes ab. Er meinte, damit käme nur alles an die Öffentlichkeit. Und das sei für Lena womöglich noch schlimmer als – das andere.«

»Aber so wie du es schilderst, ist Lena vergewaltigt worden. Und ihre Freundin oder die anderen jungen Leute müssen doch wissen, wer der Kerl war.«

»Nein«, Alexandra schüttelte den Kopf, »keiner von ihnen kannte ihn – angeblich. Vielleicht stimmt es auch. Die jungen Menschen von heute leben eben ganz anders als wir früher. Die kommen wirklich, ohne sich zu kennen, zusammen und feiern Partys. Sie geben eben nichts mehr auf Moral und Anstand.«

»Aber unsere Tochter«, sagte Robert Raven, »deine Tochter?«

»Es ist schrecklich«, murmelte Alexandra erstickt. »Es ist ganz furchtbar. Aber wir müssen damit leben, Robert, ob wir es wollen oder nicht.«

Im Morgengrauen stand Alexandra auf.

Robert schlief noch.

Sie bewegte sich lautlos durch den Raum, schlüpfte ins Bad. Kleidete sich hier an.

Sie legte ein sehr helles Make-up auf, das ihre Augen noch größer und dunkler, ja tragisch erscheinen ließ, als sie es ohnehin schon waren.

Sie schrieb eine kurze Notiz für Robert: »Muß an die frische Luft, bin zum Frühstück zurück.«

Sie befestigte den Zettel an der Nickelfassung der Glasplatte über dem Waschbecken.

Die Luft war klar. Die frühe Sonne wischte mit blanken Fingern über die Stadt; es würde ein heißer Tag werden, an dem Segelboote sich weiß auf dem Zürcher See wiegen würden.

Ein schöner Tag, ein Ferientag.

Nur nicht für sie.

Während Alexandra in die Hürtlistraße hastete, wo sich die Pension Weber befand, verschwendete sie nicht einen einzigen Gedanken daran, daß sie allein schließlich für all das Üble, für all das Böse, das ihrer aller Leben vergiftete, verantwortlich war.

Nein – Alexandra Raven war nicht der Mensch, der bereute.

Noch nicht.

Die Pensionswirtin empfing sie mit mißbilligend verzogenem Gesicht.

»Was wollen Sie denn jetzt schon wieder?« brummelte sie. »Als das junge Fräulein allein hier wohnte, habe ich nie mit ihr Scherereien gehabt. Aber seit Sie aufgetaucht sind –«

»Vergessen Sie den Ärger«, lächelte Alexandra und drückte ihr einen Zehnfrankenschein in die Hand.

Sie stieg rasch die Treppe zu Lenas Zimmer hinauf und klopfte an.

»Nichts rührte sich.

»Lena, mach doch auf!«

Diesmal drehte sich der Schlüssel im Schloß.

»Was willst du?« fragte Lena und blieb im Türspalt stehen.

»Ich muß mit dir reden.« Alexandra legte ihr flach die Hand auf die Brust, schob ihre Tochter ins Zimmer zurück.

»Hoffentlich hast du mir Geld mitgebracht«, sagte Lena. »Ich muß das Zimmer bezahlen und Milch kaufen für das Kind.«

Alexandra zog zwei Hundertfrankenscheine aus der

Tasche, legte sie auf den Tisch. »Du scheinst endlich vernünftig zu werden«, lächelte sie. Und dann: »Im Ernst, Lena, mir blieb nichts anderes übrig.« Sie blickte ihre Tochter fest an, damit sie es auch glauben sollte. »Dein Vater ist ein schwerkranker Mann. Er darf keine Aufregungen haben. Wenn ich ihm die Wahrheit gesagt hätte –«

»Und wie willst du das mit der Geburtsurkunde in Ordnung bringen? Kannst du dich da auf deinen Professor und seinen Helfershelfer Rothenburg verlassen?«

Alexandra spürte, wie ihr Zornesröte ins Gesicht stieg. »Natürlich«, erwiderte sie scharf. »Laß das meine Sorge sein. Solange du dich nicht verplapperst.«

»Warum sollte ich?«

Sie starrten sich an, Mutter und Tochter, nie waren sie sich so ähnlich wie in ihrem Haß, den sie einander nicht mehr verhehlen konnten.

»Du wirst also dabei bleiben?« fragte Alexandra.

»Warum nicht? Ich weiß jetzt wenigstens, daß auf diese Art das Kind anständig großgezogen wird. Was hast du übrigens Vater erzählt, wie das passiert ist mir mir? Und hat er es dir geglaubt? Hat er dir geglaubt, daß seine Tochter von dem erstbesten Mann ein Kind bekommen hat?«

»Er muß es glauben«, sagte Alexandra. »Es bleibt ihm nichts anderes übrig.« Und sie fügte die Geschichte hinzu von dem Unbekannten, der Lena nach einer Party nach Hause gefahren und ihr Gewalt angetan hatte.

»Du solltest stolz auf dich sein«, sagte Lena bitter. »Was du nicht alles fertigbringst!«

Alexandras Hand fuhr hoch.

»Schlag mich nur«, sagte das junge Mädchen. »Warum nicht? Glaubst du wirklich, das könnte mir noch etwas ausmachen?« Sie wandte sich ab und trat zum Bett.

Sie blickte auf das Kind hinunter, aber in ihrem Gesicht regte sich nichts.

»Du kannst etwas tun«, sagte sie dann über die Schulter hinweg. »Sorg dafür, daß Vater mich nicht zwingt, nach Siegburg zurückzukehren. Ich will nie mehr zurück. Nie mehr.«

»Aber was willst du denn tun?« fragte Alexandra.

»Das geht dich nichts an. Schick mir Geld, und zwar regelmäßig. Das ist alles, bis ich auf eigenen Füßen stehen kann.«

»Ja, natürlich«, sagte Alexandra eifrig und zum erstenmal mit deutlicher Unsicherheit in der Stimme. »Wir lassen dir monatlich Geld überweisen, per Bankauftrag. Du brauchst dir keine finanziellen Sorgen zu machen.« Und da Lena nichts antwortete, fügte sie hinzu: »Ich glaube, ich gehe jetzt besser. Damit ich zurück bin, wenn Robert erwacht.«

Lena sagte immer noch nichts.

Minutenlang stand Alexandra noch unschlüssig und verließ schließlich das Zimmer, als sei sie auf der Flucht.

Lena beugte sich über das Kind.

Es hatte die Augen weit geöffnet und fast schien es zu lächeln, als es ihre Hand spürte.

Da konnte Lena weinen. Sie weinte hilflos und hemmungslos. Aber schon bald hatte sie sich wieder in der Gewalt.

Sie nahm das Kind auf, trug es zur Kommode, um ihm die Flasche zu geben und es frisch zu wickeln.

Robert Raven wandte nichts dagegen ein, Lena mit dem Kind in Zürich zurückzulassen.

Er traf überhaupt keine Entscheidungen in diesen Tagen.

Er überließ alles Alexandra. Er war wie gelähmt. Er konnte die Enttäuschung über Lena nicht verwinden.

Ohne seine Tochter noch einmal zu sehen, ohne noch einmal mit ihr zu sprechen, flog er mit Alexandra zurück nach Deutschland.

In der Halle des Flughafens Wahn empfing sie eine Lautsprecherdurchsage: »Herr Raven wird zur Lufthansa-Information gebeten. Herr Raven bitte zur Lufthansa-Information.«

Dort erwartete sie ein sichtlich nervöser junger Mann, das Lächeln, das seine Sommersprossen tanzen ließ, wollte ihm nicht recht gelingen; in seinen braunen Augen war Unsicherheit.

»Gnädige Frau, Herr Raven – mein Name ist Bertram. Doktor Bertram. Ich habe mir erlaubt, Sie zu erwarten. Ich habe jede Maschine aus Zürich abgepaßt in der Hoffnung, Sie zu treffen –«, er verstummte, fuhr sich rasch über das braune Haar. »Das heißt, eigentlich Lena. Ich habe Sie, gnädige Frau, und Ihr Fräulein Tochter schon überall in Zürich gesucht. Bitte, ist Lena nicht mir Ihnen gekommen?«

»Nein«, sagte Robert Raven hart. »Meine Tochter wird auch nicht zurückkommen.«

»Wie soll ich das verstehen?« Ratlos blickte Christoph Bertram von einem zum anderen.«

»Falls Sie Wert darauf legen, die Wahrheit zu erfahren«, Robert Raven mußte dumpf husten, »meine Tochter hat ein uneheliches Kind zur Welt gebracht. Und damit, Herr Doktor, dürfte meine Tochter nicht mehr interessant für Sie sein!«

»Bitte, Robert, bitte«, murmelte Alexandra.

»Guten Tag, Doktor Bertram.« Robert zog seinen Hut.

»Aber so warten Sie doch!« Bertram kam hinter ihnen hergeeilt.

»Bitte, geben Sie mir wenigstens Lenas Adresse in Zürich. Bitte, ich muß sie wenigstens noch einmal sprechen.«

Robert Raven preßte nur die Lippen zusammen.

»Lassen Sie uns doch in Ruhe«, flüsterte Alexandra zornig.

»Bitte, gnädige Frau, Sie als Mutter –«

Robert Raven blieb abrupt stehen. »Wenn Sie darauf bestehen – Pension Weber in Zürich.«

Dann gingen die Ravens rasch weiter.

XIV

Noch am gleichen Tag flog Dr. Christoph Bertram nach Zürich.

Seltsam, die Eröffnung von Robert Raven hatte ihn kaum getroffen. Er war ganz sicher, daß Lena ihm eine glaubwürdige Erklärung dafür geben würde.

Ich werde sie wiedersehen, dachte er.

Ich werde mit Lena sprechen. Ich werde sie wieder in meinen Armen halten. Allem zum Trotz empfand er ein nie geahntes Glücksgefühl.

Die Lampen der Uferpromenaden wanden eine gelbe Leuchtkugelgirlande um den Zürcher See. Es roch nach Sommer, Wasser und Wind.

Lackglänzende Autos spiegelten sich im Schein der Neonreklamen von Kinos, Banken und Geschäften.

Junge Mädchen mit langen Stiefelbeinen drängten sich an einem Zebrastreifen.

Die Hürtlistraße, in der die Pension Weber lag, wirkte dagegen schäbig und düster.

Dr. Christoph Bertram erinnerte sich nicht, daß er auf seiner ersten Suche nach Lena Raven schon einmal hier durchgefahren war; aber wie sollte er sich auch an eine einzige Straße erinnern, da er damals keine einzige Gasse der Stadt ausgelassen hatte?

Er entlohnte das Taxi vor der Pension Weber.

Unten im Empfang – Topfpalmen standen verstaubt herum, ein Schaukelstuhl, dessen Rohrgeflecht durchhing, wippte – musterte ihn die Wirtin mit flinken Augen.

»Leider habe ich kein Zimmer mehr frei«, sagte sie, und ihr Blick heftete sich neugierig auf den kleinen schwarzen Krokodilkoffer, der Bertrams heimlicher Stolz war, vererbt durch seinen Vater und gerade durch die Patina des Alters um so vornehmer wirkend.

»Ich möchte Fräulein Raven besuchen«, sagte Christoph und lächelte liebenswürdig.

»So?« Die Augen in dem fleischigen Gesicht der Frau wurden eng. »Fräulein Raven will aber keinen Besuch empfangen.«

»Welches Zimmer bewohnt sie?« fragte Bertram ruhig.

»Na also, ich weiß nicht – nein, ich kann Sie nicht raufiassen. Nachher hab' ich den Ärger.«

»Ich bin der Arzt von Fräulein Raven«, sagte er und legte seine Visitenkarte auf das dunkelbraun gestrichene Empfangspult.

»Soso, ihr Arzt? Tja, ist ja wohl ein Wunder, was sich mit dem Fräulein ereignet hat, wie?«

»Ein Wunder?«

»Na ja, ich will nichts gesagt haben. Gehen Sie halt rauf. Zweite Tür im ersten Stock.«

Er schritt die Treppe hinauf, klopfte an dem bezeichneten Zimmer an.

»Wer ist da?« hörte er Lenas Stimme fragen.

Er klopfte statt einer Antwort noch einmal, drückte dann die Klinke herunter und öffnete die Tür.

Lena stand am Fenster. Sie hielt das Kind auf dem Arm.

Er sah, wie ihre Augen ganz weit wurden. Er sah, wie ihr Kinn zu zucken begann, ihre Lippen sich öffneten.

Er lächelte und sagte: »Guten Tag, Lena.«

Er schloß die Tür, trat zu ihr. Blickte auf das Kind, dann wieder in ihre Augen. »Du hast mich sehr lange nach dir suchen lassen«, sagte er.

»Aber – nein, Sie dürfen nicht –«

Er schüttelte, immer noch lächelnd, den Kopf. Er nahm ihr ruhig das Kind aus dem Arm, sah sich um, entdeckte keine Kinderwiege, trug es daher zum Bett.

»Warum sind Sie hierhergekommen? Wer hat Sie geschickt?« stieß Lena hervor.

»Niemand«, sagte Bertram und wandte sich ihr wieder zu. »Ich habe dich schon einmal vergeblich in Zürich gesucht.«

»Sie hätten es nicht tun dürfen. Sie hätten nicht kommen sollen! Und –«, sie brach ab. Als ertrage sie seinen Anblick nicht länger, schlug sie die Hände vors Gesicht.

»War das Kind der einzige Grund, warum du mich nicht wissen ließest, wo du bist?« fragte Christoph behutsam. »War das der Grund, als du mir in Siegburg sagtest, ich solle nicht so viele Fragen stellen?«

Er faßte ihre Handgelenke, zog ihr die Hände vom

Gesicht. Er konnte ihren Puls hart und schnell schlagen spüren.

Sie weinte nicht. Ihre Augen, so weit, so groß und tiefgrau, richteten sich auf sein Gesicht, aber ihr Ausdruck blieb sonderbar stumpf.

»Lena«, sagte Christoph, und seine Stimme wurde eine Spur bestimmter, »du hast doch nicht die Sprache verloren. Du kannst mir vertrauen.«

Sie schüttelte stumm den Kopf.

»Armes Kind«, sagte er, »was mußt du alles durchgemacht haben!« Er zog sie in seine Arme. Einen Herzschlag lang ließ sie es geschehen, lehnte sich gegen ihn, aber dann stieß sie ihn zurück.

»Ich will das nicht«, stammelte sie. »Wenn Sie gekommen sind, weil Sie glauben – daß Sie leichtes Spiel haben werden ...«

»Lena«, unterbrach er sie, »Lena, was ist denn nur mit dir geschehen?«

Er zog einen Sessel heran. Er zwang Lena, sich zu setzen. Er zündete eine Zigarette an für sie, rauchte selbst.

Eine Weile lang schwiegen sie beide, um ihre Gedanken zu klären.

Lena saß in sich zusammengesunken da. Hätte sie nicht hin und wieder die Zigarette an die Lippen geführt, man hätte sie für leblos halten können.

»Ich habe deine Eltern auf dem Flughafen Wahn getroffen«, sagte Christoph schließlich. »Ich habe seit Tagen jede Maschine aus Zürich abgepaßt. Ich habe mir Sorgen um dich gemacht, und ich habe auf dich gewartet. Das ist der Grund, warum ich jetzt hier bin.«

»Was haben – meine Eltern gesagt?« fragte sie heiser.

»Deine Mutter nichts. Dein Vater alles – was es wohl zu sagen gab.«

»Ich werde ihn nicht wiedersehen«, sagte Lena, »denn er könnte es mir nie verzeihen.«

»Lena, du bist nicht das erste Mädchen, das ein uneheliches Kind zur Welt bringt.«

Sie zuckte zusammen, sie begann unkontrolliert zu zittern. Er hörte, wie ihre Zähne aufeinanderschlugen.

Er legte seine Hand auf ihre Schulter. »Weißt du, daß es viel mutiger ist, ein solches Kind zur Welt zu bringen, als etwas dagegen zu unternehmen? Und das hättest du doch gekonnt hier in der Schweiz.«

Lena sagte nichts.

Er spürte, wie sich die Muskeln ihrer Schulter unter seiner Hand versteiften.

»Sprich darüber, wenn du willst. Rede davon. War – es kann doch nur eine Zufallsgeschichte gewesen sein?«

»Aber es ist ja nicht mein Kind!« Lenas Kopf fuhr hoch. Wild flammten ihn ihre Augen an. »Es ist nicht mein Kind, hörst du! Es ist das Kind meiner Mutter. Sie hat meinen Vater betrogen. Und sie hat das Kind zur Welt gebracht. Und sie hat es mir untergeschoben, weil mein Vater plötzlich aus Indien zurückkam. Versteh doch, meine eigene Mutter hat mit ihr Kind untergeschoben. Und sie steht rein da und anständig und wunderbar in den Augen meines Vaters!«

»Aber Lena!« Christoph konnte nichts dafür, nervöser Lachreiz fiel ihn an. »Aber Lena, das ist doch absurd!«

»Ja, absurd!« Wild nickte sie. »Absurd, absurd! Und trotzdem wahr! Aber es gibt keine Beweise dafür. Nein, Christoph Bertram, keinen einzigen. Denn alle, die mit der Geburt zu tun hatten, werden schweigen wie ein Grab. Der Mann, der meine Mutter in die Klinik gebracht hat, der Professor und die Schwestern. Sie werden alle ihren Mund halten und nichts, gar nichts könnte sie zum Sprechen bringen. Es gibt keine Beweise. Keinen einzigen. Denn meine Mutter ist sehr schlau. Den einzigen Beweis, den es hätte geben können, hat sie fälschen lassen!«

Lena sprang auf, lief zur Kommode, zerrte die oberste Schublade heraus.

Hielt Christoph mit zitternden Händen ein Blatt Papier hin.

»Das kam heute mit der Post. Die Geburtsurkunde *meiner* Tochter! Wunderbar, wie? Fabelhaft, grandios! Aber sie ist gefälscht!«

Dr. Christoph Bertram las das Papier aufmerksam. Es trug Stempel und Siegel, und es war echt. Daran gab es keinen Zweifel. Nicht den geringsten.

Und da befiel ihn eine tiefe Mutlosigkeit.

Er dachte an ihre Eltern, die Lena so tief enttäuscht hatten; die Qual hatte mit grauem Griffel Falten in ihre Gesichter gemalt.

Er dachte an sich selbst – wie er in Siegburg noch Lenas Ausflüchte, ihre Abwehr als mädchenhafte Scheu ausgelegt hatte.

Er dachte an seine Suche nach ihr, an die schlaflos durchgrübelten Nächte.

Hatte er es verdient, nun so belogen zu werden? So schamlos, so ohne jeden Skrupel?

Hätte Lena doch die Wahrheit gesagt, dachte er, mein Gott, wäre Lena doch ehrlich gewesen und würde nicht eine solche Wahnsinnsgeschichte erfunden haben.

Daß sie ihn anlog, begriff er nicht! Was wollte sie damit erreichen, was er ihr nicht freiwillig gegeben hätte?

Er war doch hierhergekommen, um sie zu sich zu holen, wenn sie es wollte. Trotz des Kindes, allem zum Trotz.

Aber ihn anzulügen, mit einer solch absurden Erklärung? Ihre Mutter so zu verleumden? Ihre eigene Mutter des Ehebruchs und der Kindesunterschiebung zu beschuldigen?

»Lena«, stieß er hervor, »warum tun Sie das?«

»Was?«

»Warum erfinden Sie so etwas?«

»Aber ich erfinde es nicht! Es ist die Wahrheit! Die ganze Wahrheit.«

»Lena, wer soll Ihnen das jemals glauben?«

»Niemand! Ich sagte es ja! Und dennoch ist es wahr!«

Christoph Bertram legte mit einer müden Handbewegung die Geburtsurkunde auf den Tisch. »Wenn Sie mir erzählt hätten, daß Sie eine leidenschaftliche Affäre hatten mit einem verheirateten Mann. Oder, daß da ein anderer war, irgendwer, der Sie übertölpelt, gegen den Sie sich nicht wehren konnten, sich nicht zu wehren wagten. Alles hätten Sie mir erzählen können, und ich hätte es Ihnen wirklich geglaubt.«

Lena preßte ihre Hand vor den Mund. Sie wich Schritt um Schritt vor ihm zurück.

»Schade«, sagte er, »ich habe mich sehr in Ihnen getäuscht.«

»Christoph, aber ich schwöre Ihnen –«

»Tun Sie's lieber nicht.« Er fuhr sich mit der Hand durch das kurze braune Haar. »Es tut mir leid um Sie, Lena. Wirklich.«

Und damit ging er. Er mußte gehen. Er wußte, er hätte sich sonst vergessen.

Dieses Mädchen hatte er geliebt. Dieses Mädchen, das er um seiner Anständigkeit willen, seiner Naivität, seiner Unschuld willen verehrt hatte, war nichts als eine gemeine Lügnerin.

Sie scheute sich nicht, ein solches Spiel wie das eben erlebte mit einem Mann zu treiben, der mit keinem anderen Wunsch zu ihr gekommen war, als sie das – was immer ihr auch geschehen sein mochte – vergessen zu machen.

»Na, haben Sie das Fräulein angetroffen?« fragte die Pensionswirtin, als Bertram die Treppe herunterkam.

»Ja, ja«, murmelte er abwesend.

»Komische Familienverhältnisse, aus denen das Fräulein kommt, wie?«

Bertram gab keine Antwort. Er trat hinaus auf die Straße.

Wind hatte sich erhoben, Wolken sich vor die blaß aufblinkenden Sterne geschoben. Es begann zu regnen, in großen, heftigen Tropfen; Christoph Bertram spürte es nicht.

Er verbrachte die Nacht in einem Hotel, dessen Namen er am anderen Morgen schon vergessen hatte, noch ehe er es verließ.

Er flog mit der nächsten Lufthansa-Maschine nach Köln-Wahn zurück.

Noch am gleichen Tag erteilte er dem Lokalblatt einen Annoncenauftrag, in dem er seine Praxis in Siegburg zum Verkauf anbot.

Diese Nacht, nachdem Christoph Bertram sie verlassen hatte, würde Lena Raven nie vergessen.

Der Wind klapperte mit den Fensterläden. Regen schlug dumpf gegen die Scheiben. Der Wasserhahn in der Waschecke des Zimmers tropfte; es waren die einzigen Geräusche in den unendlichen Stunden dieser Nacht.

Ein Meer von Minuten, ein Abgrund von Zeit, eine ganze Nacht lastete auf ihr.

Sie konnte nichts dagegen tun. Sie konnte nicht fortlaufen, denn da war ja das Kind.

Und wohin auch?

Wohin?

Es gab ja nicht einen einzigen Menschen in der Stadt, den sie kannte.

Sie hatte weder Verwandte noch Freunde.

Sie hatte nur eine Mutter, die sie mißbraucht, einen Vater, der sie verstoßen hatte.

Lena hatte Christoph die Wahrheit gesagt, hatte sie hinausgeschrien, weil sie glaubte sonst daran ersticken zu müssen.

Sie hatte die Wahrheit gesagt, einem einzigen Menschen, dem einzigen Menschen, der ihr hätte Glauben schenken müssen. Aber er hatte ihr nicht geglaubt.

Lena preßte ihre Fäuste gegen die Augen.

Und deswegen gab es niemand, der sie verstehen, ihr womöglich helfen würde.

Für alles, was immer sie noch vor und kurz nach der Geburt des Kindes hätte tun können – damals Christoph ins Vertrauen ziehen, damals ihrem Vater schreiben –, für all das war es jetzt zu spät.

Nichts konnte sie mehr tun. Gar nichts.

Nicht einmal sterben.

Denn eines durfte sie nicht tun: das Kind im Stich lassen.

Es brauchte sie. Ein winziger Mensch nur, aber er brauchte sie. Und daraus, so verzweifelt Lena auch war, schöpfte sie Kraft.

Ich muß damit leben, dachte sie. Ich muß mit dem Kind ein normales Leben führen.

Irgendwo eine kleine Wohnung finden. Eine Beschäftigung. Etwas, das mich ablenkt.

Das Kind wird heranwachsen, sprechen, laufen lernen, eines Tages zur Schule gehen. Es wird mich Mutter nennen.

Mich, mich, mich.

Die Zukunft erschien ihr wie ein Fieberwahn.

Und nicht einmal davon konnte sie sich befreien.

Nächte der Verzweiflung –

Auch Alexandra Raven lernte sie nun kennen.

Es waren Stunden des Zorns, der Reue, der Panik, die sie angstvoll lauschend in ihrem Salon verbrachte.

Angstvoll – weil sie wußte, daß Robert, ihr Mann, trank.

Er trank seit jenem Tag, als sie aus Zürich nach Siegburg zurückgekehrt waren.

Er trank wie jemand, der sich absichtlich zugrunde richten will.

Wenn sie Glück hatte – und bitter dachte Alexandra dies –, hörte sie irgendwann in der Nacht das Umfallen eines Sessels unten in der Bibliothek, oder einfach – Roberts Fall, denn er trank, bis er besinnungslos-bewußtlos umfiel. Wenn sie Pech hatte, kam er herauf und quälte sie mit seinen Vorwürfen, daß sie als Mutter versagt hatte.

Wie lange noch, dachte Alexandra zornig, wie lange noch will er Lena nachtrauern?

Aber in ihren Zorn mischte sich auch Angst. Tierische, verzweifelte Angst, daß er sie doch noch entlarven, das böse Spiel durchschauen, die Wahrheit aufdekken könnte.

Und auf ihre Art liebte sie ihn doch, wollte ihn nicht

verlieren, konnte den Gedanken daran schon nicht ertragen.

Sie mußte Robert zwingen, Lena zu vergessen. Sie mußte ihn aus seinem Schmerz um die verlorene Tochter herauslocken.

»Du machst unser Leben kaputt«, schrie sie ihn eines Morgens an, als er bleich, am ganzen Körper zitternd, aus dem Waschkabinett neben der Bibliothek ins Frühstückszimmer trat. »Du versündigst dich an mir, an unserer Ehe!«

»Ich komme nicht darüber hinweg«, sagte er und wich ihren Augen aus, »daß Lena uns so betrogen hat.«

»Man sollte meinen, es wäre dir lieber, wenn es mir statt deiner Tochter passiert wäre! Ja«, Alexandra beugte sich vor, starrte ihn an, »es hätte mir passieren können! Wie oft hast du mich in all den Jahren unserer Ehe alleingelassen. Ich hätte in Versuchung geraten können. Jawohl, *ich!* Aber ich war dir treu. Ich habe immer nur auf dich gewartet. Und jetzt bist du hier. Und was habe ich von dir? Einen Betrunkenen, der den Tag dazu benutzt, sich auf das Trinken am Abend vorzubereiten. Der mich Nacht um Nacht allein läßt. Der mir Sorgen bereitet, Verzweiflung.«

»Verzeih«, murmelte Robert.

»Ich verzeihe dir nicht«, sagte Alexandra, »denn du machst unser Leben kaputt.«

»Es geht um unsere Tochter«, sagte er. »Ich kann es nicht verwinden. Ich kann einfach nicht verwinden, daß ich mich so in ihr getäuscht haben soll.«

»Du bist ein Schwächling«, sagte Alexandra. »Ich habe es immer geahnt. Aber seit heute weiß ich es. Nicht ich bin für dich wichtig, sondern deine Ehre, der Anstand, dein guter Ruf. Was weiß ich sonst!«

»Wie konnte es geschehen? Was hat Lena dazu getrieben?«

»Frag mich nicht, ich weiß es doch auch nicht. Aber wenn du so weitermachst, werde ich dich verlassen. Ja, ich verlasse dich!«

»Das könntest du tun?« fragte Robert und sah sie zum erstenmal an.

»Warum nicht?« bluffte sie.

»Dann tu es doch!« stieß er hervor. »Laß auch du mich noch im Stich!«

Aber an diesem Abend trank Robert Raven nicht.

Er schloß sich zwar wieder in sein Arbeitszimmer ein, aber er trank nicht.

Er saß an seinem Schreibtisch und blätterte und las in seinen Tagebüchern, die er seit dem ersten Tag seiner Ehe mit Alexandra geführt hatte.

Er überdachte seine Vergangenheit und versuchte, einen Weg in die Zukunft zu finden.

Er dachte auch an seine Tochter Lena und wie sehr er sie geliebt und wie stolz er auf dieses brave, anständige junge Mädchen gewesen war, das ihn so sehr an seine eigene Mutter erinnerte.

Vielleicht daher seine Haßreaktion? Vielleicht daher dieses Nichtverwindenkönnen, daß Lena ihn betrogen hatte?

Er blätterte in seinen Aufzeichnungen und fand auch den Brief dieses jungen Arztes, der ihm seinerzeit nach Chadura geschrieben hatte.

Dr. Christoph Bertram. Was mochte aus ihm geworden sein? War er nach Zürich geflogen, nachdem sie ihn in Wahn getroffen hatten?

Hatte seine Liebe ausgereicht, um Lena zu verzeihen?

Plötzlich war es sehr wichtig, dies zu erfahren.

Robert Raven hatte eine Woche lang in einem Vakuum aus Schmerz und Verzweiflung, die er im Alkohol zu vergessen suchte, vertan.

Jetzt wachte er auf. Jetzt sah er einen Weg.

Vielleicht konnte ihm der junge Arzt, der in Lena nicht eine Tochter, sondern nur die junge Frau sehen konnte, ihm weiterhelfen.

Robert Raven verließ das Haus.

Dr. Christoph Bertram wohnte ja gleich nebenan. Licht brannte über dem Eingang, also war er zu Hause.

Robert Raven klingelte.

Er brauchte nicht lange zu warten. Dr. Christoph Bertram öffnete ihm selbst.

Blaß war der junge Mann, die Sommersprossen hoben sich deutlich von der Haut ab.

»Sie wünschen?« fragte er, und Raven war nicht einmal sicher, ob er ihn erkannte.

»Ich hätte Sie gern einen Augenblick gesprochen«, sagte er. »Wegen meiner Tochter Lena.«

»Wegen Lena? Ach so ...« Die braunen Augen blieben ausdruckslos. »Bitte, kommen Sie herein.«

In der Diele standen Koffer. Im Treppenaufgang zeigten helle Rechtecke an, wo Bilder von den Wänden genommen waren.

»Das sieht ja hier ganz nach Auszug aus«, sagte Raven und folgte Bertram in ein kleines Zimmer, dessen Bücherregale leer gähnten.

»Ja, ich habe die Praxis verkauft.« Eine knappe Handbewegung, die kaum zum Platznehmen einlud. »Bitte.«

»Hat Ihre Praxisaufgabe etwas mit meiner Tochter Lena zu tun?« fragte Raven und setzte sich auf einen hochlehnigen Stuhl.

»Ja.«

Bertram blieb, an den kleinen, mit Papieren übersäten Schreibtisch gelehnt, stehen.«

»Sie waren bei ihr in Zürich?«

»Ja.«

»Ich hatte eigentlich den Eindruck, daß meine Eröffnung, wie Sie Lena vorfinden würden, Sie nicht so sehr getroffen hatte?«

»Das war auch nicht der Fall.«

»Herr Doktor Bertram«, sagte Raven, »ich komme zu Ihnen als Lenas Vater, der sich mit dem, was Lena uns – und wie ich annehmen muß, auch Ihnen – angetan hat, nicht abfinden kann. Aber sehen Sie – ich dachte, Sie – Sie wüßten irgendeinen Rat? Ich dachte, Sie sind ein junger Mann, vielleicht nicht so altmodisch wie ich? Nicht so verankert in überholten Moralbegriffen. Ich dachte, Sie könnten mir einen Weg weisen, meine Tochter zu verstehen?«

In Christoph Bertrams Gesicht zuckte es. Zum erstenmal trat überhaupt ein Ausdruck in seine Augen; Verwirrung und Nachdenklichkeit.

»Ich weiß nicht, was ich Ihnen antworten soll«, sagte er langsam. »Ich fuhr nach Zürich, um – um Lena zu bitten, meine Frau zu werden. Trotz allem. Ich dachte gar nicht an das Kind. Ich war sicher, daß es nur aus einer Begegnung stammen konnte, der Lena nicht gewachsen war.«

»Das tut es auch«, sagte Robert Raven. »Meine Frau hat mir den Hergang so, wie sie ihn von Lena erfuhr, erzählt. Irgendein junger Kerl hat Lenas Naivität ausgenutzt.«

»Ja, sehen Sie, das glaubte ich auch. Aber –« Christoph Bertram verstummte, er schüttelte den Kopf, fuhr sich mit der Hand durch den Schopf braunen Haares, der ihm in die Stirn fiel. »Lena hat mir etwas ganz anderes erzählt. Sie hat mir statt dessen eine unglaubliche Lüge aufgetischt. Eine Lüge, die so ungeheuerlich ist, daß ich sie nicht zu wiederholen wage. Und da war für mich alles vorbei. Die Wahrheit hätte mir nichts ausgemacht, aber diese Lüge –«

»Bitte, sprechen Sie darüber«, sagte Robert Raven. »Bitte, Lena ist meine Tochter, je mehr ich über sie erfahre –«

»Ich bringe es nicht fertig«, stieß Bertram hervor.

»Bitte!« wiederholte Raven drängend. »Bitte, sprechen Sie.«

Der junge Mann gab sich einen Ruck. Er stützte seine Fäuste auf den Schreibtisch.

»Also, Lena hat behauptet, es sei gar nicht ihr Kind, sondern das Ihrer Frau. Geboren aus einem unehelichen Verhältnis und ihr, Lena, untergeschoben, als Sie, Herr Raven, überraschend aus Indien zurückkehrten. Lena behauptete ferner, daß die Geburtsurkunde, die sie als Mutter des Kindes ausweist, gefälscht ist. Und zwar ebenfalls von Ihrer Frau, im Verein mit einem Professor und einem anderen Herrn, die ihr dabei behilflich gewesen sein sollen!«

»Das ist absurd«, flüsterte Robert Raven. Er war aschgrau im Gesicht geworden bis in die Lippen. »Das ist wirklich absurd!«

»Sehen Sie. Und deswegen will ich Lena nicht mehr wiedersehen. Deswegen gebe ich auch hier meine Praxis auf. Ich habe Glück gehabt. Ich habe schnell einen Käufer gefunden. Ich reise schon morgen nach München.«

»Ja«, sagte Robert Raven, »ja, ich verstehe.«

Er schwankte, als er sich erhob.

»Ich kann Ihnen nur für Ihre Offenheit danken, Doktor Bertram.« Er verbeugte sich eckig, mußte, um Halt zu finden, nach der Stuhllehne greifen.

»Bemühen Sie sich nicht«, fügte er heiser hinzu, »ich finde den Weg hinaus allein.«

Alexandra kam ihrem Mann in der Diele entgegen.

»Robert, was ist dir?« Sie griff nach seinem Arm. »Wo warst du?«

»Bei unserem Nachbarn«, sagte er flach und streifte ihre Hand ab.

»Fühlst du dich nicht wohl?«

»Doch, doch. Ich – ich muß nachdenken, das ist alles.«

»Robert, was ich heute morgen sagte –«

Er wandte sich abrupt wieder zu ihr um. »Ja?«

»Ich habe es nicht so gemeint. Ich könnte dich nie verlassen.« Sie blickte ihn mit diesen klaren Sternenaugen an, Liebe las er darin – und noch etwas: Angst.

»Hast du mich jemals betrogen?« fragte er und hatte es kaum gedacht.

»Aber Robert!« Sie begann zu lachen.

Sie hätte nicht lachen dürfen.

»Alexandra, sag mir die Wahrheit!« Er packte ihre Arme mit hartem Griff.

»Robert, laß mich los, du tust mir weh.«

»Sag mir die Wahrheit!«

»Nie, ich schwöre es.«

Aber in ihren Augen war Angst. Er kannte sie zu gut, um nicht zu wissen, daß es nichts anderes als Angst sein konnte.

Und Lenas Behauptung war so absurd, daß sie ihm jetzt, in dieser Minute, wahr erschien.

So etwas kann sich kein Mensch ausdenken.

Kein Mensch, der bei normalem Verstand ist.

Und da fielen ihm auch andere Dinge ein: Dinge, die er bislang übersehen, einfach nicht wahr hatte haben wollen.

Alexandra hatte sich verändert.

Um genau zu sein, ihr Körper hatte sich verändert. War weniger straff, war weicher geworden – war wie damals, nachdem Lena auf die Welt gekommen war.

Und warum scheute Alexandra das Licht? Warum hatte sie es sogar in der ersten Nacht ihres Zusammenseins, nachdem er aus Indien zurückgekehrt war, gescheut? Ein Mann mit der angestauten Sehnsucht, dem angestauten Verlangen eines ganzen Jahres?

Sie stand ihm gegenüber in einem dünnen gelbseidenen Hausmantel; vom hohen, eng den Hals umschließenden Kragen bis zu den Zehenspitzen geknöpft.

Robert riß den Mantel auf. Riß die Seide mit beiden Händen entzwei. Er sah die Haut ihres Leibes. Sah die dunklen Dehnungsnarben. Sah, daß sie es war, die ein Kind geboren haben mußte vor gar nicht langer Zeit.

»Robert!« schrie Alexandra auf.

»Du!« keuchte er. »Du hast es getan!« Er packte ihre Arme, schüttelte sie, daß ihr langes schwarzes Haar ihm ins Gesicht peitschte.

»Nein, nein, nein«, wimmerte sie.

Er schlug ihr mit dem Handrücken rechts und links ins Gesicht. »Du hast das Kind geboren. Und deiner eigenen Tochter hast du's untergeschoben. Du bist das Gemeinste, was mir je begegnet ist!«

»Es ist deine Schuld!« schrie Alexandra. »Ja, nur deine Schuld. Du hast mich immer allein gelassen. Ja, ich habe dich betrogen. Aber nur deswegen. Und ich werde es wieder tun, wenn du mich verläßt!«

Kein Wort der Reue. Kein einziges Wort!

Er wußte nicht mehr, was er tat. Er preßte seine Hände um ihren Hals. Sie wand sich verzweifelt. Sie trat nach ihm. Sie röchelte.

Keine Sternenaugen mehr. Schwarze Tieraugen jetzt, häßlich in ihrer Todesangst. Kein zärtlicher Mund mehr, nein, verzerrt zum niegehörten Schrei.

Robert ließ sie los. Alexandra fiel zu Boden. Sie wimmerte, rang nach Luft.

Er ließ sie liegen.

Robert Raven stieg die Treppe zu den Schlafzimmern hinauf. Sonderbar ruhig jetzt, ja, fast gelassen.

Er packte seinen Koffer mit dem Notwendigsten. Persönliche Papiere, seine Forschungsaufzeichnungen über das Antikrebsmittel HA 1. Bargeld, ein Scheckbuch. Ein wenig Wäsche, einen Anzug zum Wechseln.

Er stieg die Treppe hinunter. Alexandra war nicht mehr in der Diele. Das Haus war totenstill.

Robert wußte, daß sie sich verkroch, registrierte es fast kalt. Alexandra verkroch sich wie das Tier, das sie war.

Sie war kein Mensch. Sie war ein Tier.

Es war der letzte Gedanke, den Robert Raven an seine Frau verschwendete, ehe er das Haus für immer verließ.

XV

Am Mittag darauf traf Robert Raven in Zürich ein. Er fuhr vom Bahnhof aus direkt in die Pension Weber und stand dann verlegen vor Lena.

»Ich muß dich um Verzeihung bitten«, sagte er. »Ich habe dir schreckliches Unrecht angetan. Ich kenne die

Wahrheit, die Christoph Bertram nicht glauben konnte, weil sie ihm zu absurd erschien.«

»Du hättest nicht zu kommen brauchen, um mir das zu sagen«, entgegnete Lena.

Sie hatte ihm gleich beim Eintritt den Rücken zugekehrt, stand da mit straffen, eckigen Schultern, starrte aus dem Fenster.

»Ich werde Europa verlassen«, sagte ihr Vater, »und ich möchte dich bitten, mit mir zu kommen.«

Lena erwiderte nichts.

»Schon vor einiger Zeit hat man mir in Amerika einen Lehrstuhl angeboten an der Delaware-Universität. Ich werde nun darauf zurückkommen oder mir einen anderen Posten besorgen. Wir können in Amerika ein ganz neues Leben anfangen.«

»Um welchen Preis?« fragte Lena mit dieser Stimme, die so spröde wie Glas geworden war.

»Ich verstehe dich nicht.«

»Du sprichst nur von mir«, sagte sie. »Nicht von dem Kind.«

»Das Kind bleibt hier. Ich werde dafür sorgen, daß Alexandra es zu sich holt. Ich werde sie dazu zwingen, indem ich ihr drohe, ihre ganzen dunklen Machenschaften, die damit verbunden sind, aufzudecken.«

»Und das nennst du keinen Preis?« fragte Lena.

»Ich verstehe dich wirklich nicht. Willst du deine Mutter noch in Schutz nehmen, die dich so verraten hat?«

»Nicht meine Mutter«, sagte Lena. Und jetzt wandte sie sich um, und ihr schmales, sonst so weiches Gesicht war eine Maske der Entschlossenheit. »Aber das Kind. Ich werde das Kind nicht im Stich lassen.«

Sie wußten, daß es ein Abschied für immer war, als sie drei Tage später – Robert Raven hatte sich ein amerikanisches Visum besorgt und hastig die notwendigen Reisevorbereitungen getroffen – auf dem Flughafen von Zürich auf den Abruf des Düsenklippers nach New York warteten.

Eine letzte Umarmung, ein letzter Händedruck.

Sie konnten sich nicht mehr ansehen.

Robert Raven wandte sich abrupt ab, ging zu den anderen Passagieren hinüber, die im Gänsemarsch an der Stewardeß vorbei auf das Flugfeld traten.

Lena blieb stehen, bis sie die schmale, in einen grauen Reiseanzug gekleidete Gestalt ihres Vaters im Pulk der Fluggäste, der sich die Gangwag hinaufschob, nicht mehr ausmachen konnte.

Auch Lena verließ Zürich an diesem Tag. Die Maschine der Lufthansa nach München startete zwei Stunden später.

Sie kehrte nach Deutschland zurück.

Sie hatte München als ihre neue Heimat gewählt – nicht wissend, daß auch Christoph Bertram hier Vergessen und einen neuen Lebensinhalt zu finden hoffte.

Ein neues Leben – wenn sie die Zähne zusammenbissen, wenn sie sich selbst hart machten gegen die Erinnerungen der Vergangenheit, wenn sie sich zwangen, nur noch in die Zukunft zu blicken, konnte es ihnen gelingen.

Lena Raven in München.

Robert Raven in Amerika an der Universität von Delaware.

Dr. Christoph Bertram in einer kleinen Landgemeinde in der Nähe von München, wo er die Praxis eines kürzlich durch einen Unfall verstorbenen Kollegen übernommen hatte.

Nur Alexandra blieb am Angelpunkt, am Ausgangspunkt ihres Schicksals zurück – in ihrem Haus in Siegburg.

Da waren die großen, kostbar eingerichteten Räume, die kein Kaminfeuer mehr erwärmten, kein seidiges Lampenlicht erhellen konnten. Sie bewegte sich in ihnen wie in einem Irrgarten von Gräbern.

Hier lag ihr Leben begraben, Liebe, Lachen, leidenschaftliche Nächte, Kämpfe mit Robert, die stets in einer Umarmung Erlösung gefunden hatten.

Alexandra magerte ab, ihre Haut begann sich spröde und gelblich über ihre Backenknochen zu spannen.

Sie schluckte aufputschende Mittel und beruhigende Pillen.

Weder die einen noch die anderen lösten die Spannung in ihr, die sie zur Rastlosigkeit trieb.

Tagsüber wagte sie sie sich nicht aus dem Haus aus Furcht, Bekannte, Freunde zu treffen – ihre lange Abwesenheit und alles, was daraus gefolgt war, erklären zu müssen.

Nachts stieg sie in ihren Wagen, das rabenschwarze Haar unter einem Schal, die Augen hinter einer riesigen Brille verborgen. Sie raste über die Autobahn bis Düsseldorf oder Frankfurt oder auch weiter und zurück. Hier und da verbrachte sie eine flüchtige Stunde mit irgendeinem Mann, mit irgendeinem Kerl in einem Hotel, in einer Absteige oder sonstwo – kaum geschehen und schon vergessen.

Nacht um Nacht fuhr sie los und kehrte im Morgengrauen erschöpft zurück, um für ein paar Stunden in Schlaf zu fallen.

Aber unweigerlich kam das Erwachen und wieder das rastlose Wandern durch das leere Haus.

Und dann kam der Tag, an dem sie Stimmen zu hören begann, Flüstern in den Ecken, Raunen, das verstummte, sobald sie sich ihm zuwandte.

»Ich bilde mir das nur ein. Es ist, weil ich so einsam bin«, sagte sie laut, und ihr Lachen gegen die Angst echote durch das Haus.

Die Stimmen kicherten und grunzten. Sie riefen ihr Schimpfworte nach, Obszönitäten. Sie verhöhnten und verdammten sie.

Alexandra schloß sich in ihrem Zimmer ein. Hier war ihr jedes Möbelstück über 20 Jahre hinweg vertraut, jedes Fleckchen der verblichenen Seidentapete.

Aber auch hier schlichen sich die Stimmen ein, weil sie vergaß, das Fenster zu schließen.

Auch hier –

Alexandra warf mit Parfümkartons nach den Geistern ihrer Schuld. Das Bersten des Kristalls übertönte sekundenlang die Stimmen, das scheppernde Lachen, die schmutztriefenden Worte.

Doch nur sekundenlang.

Alexandra verkroch sich ins Bett, zog die Laken und die Decke über sich.

Sie keuchte in der jähen Dunkelheit, wußte, die Stimmen wollten sie zwingen, sich zu ersticken.

Sie warf die Decken zurück, und da fielen die Spinnen auf sie herab, große, schwarze, haarige Spinnen.

»Da schreit doch jemand«, sagte der Postbote und ließ den Bleistift sinken, mit dem er das Porto ausgerechnet hatte.

»Es ist nicht das erste Mal«, sagte die Frau des jungen

Arztes, der neben dem Ravenschen Haus die Praxis übernommen hatte.

Frau Hasenbach war eine zierliche, blonde Person, immer geschäftig, immer in Eile. Kein Wunder bei fünf Kindern, die tagaus, tagein durch das Haus tollten.

»Aber das hört sich ja schrecklich an«, sagte der Postbote und rieb sich die fleischige Nase wie immer, wenn er nervös oder betroffen war.

»Ich schicke meinen Mann hinüber«, sagte die junge Doktorsfrau, »es ist ja nicht das erste Mal.«

Sie stieß resolut die Tür zum Bestrahlungsraum auf, rief: »Eduard, kommt doch mal her! Drüben, bei den Ravens scheint wieder der Teufel los zu sein.«

»Hat sie denn angerufen?« Der junge Arzt erschien. »Morgen, Herr Meier«, ein kurzes, freundliches, brillenblitzendes Lächeln zum Postboten hin.

»Nein, sie schreit bloß«, sagte seine Frau.

»Na, dann geh ich mal besser rüber.«

Dr. Hasenbach streifte seinen Kittel ab, griff nach der stets bereitstehenden Behandlungstasche in der Diele.

Seine Frau und der Postbote folgten ihm hinaus in den Vorgarten.

Noch immer konnten sie die hohen schrillen Schreie aus dem Nebenhaus hören. Dr. Hasenbach klingelte vergeblich bei den Ravens, klopfte vergeblich an die Tür.

Plötzlich brach drüben das Schreien ab.

»Geh doch ums Haus herum«, rief Gerta Hasenbach ihrem Mann zu. »Vielleicht kommst du über die Terrasse rein.«

Die Terrassentür war nicht abgeschlossen.

Ziemlich unvorsichtig, dachte Dr. Hasenbach, mit Kennerblick die kostbaren Skulpturen, Gemälde und Plastiken wahrnehmend.

Er durchschritt rasch den Wohnraum, trat in die Halle.

Wenn er sich nicht täuschte, waren die Schreie von oben gekommen. Er nahm zwei Stufen auf einmal, die Treppe hinauf. Ein, zwei Zimmer waren leer.

Das dritte, offensichtlich ein Damenschlafzimmer, war verwüstet, als hätte ein Kampf darin stattgefunden.

Im Bad daneben fand er Alexandra Raven.

Alexandra – oder das, was von der schönen Alexandra Raven übriggeblieben war – lag auf den Fliesen vor der Wanne, ein zitterndes, hilflos jammerndes Bündel Mensch.

Blutverschmiert waren ihre Hände, blutverschmiert auch ihr Gesicht, die Haut der Wangen von langen Kratzern gespalten.

«Frau Raven«, murmelte Dr. Hasenbach betroffen.

Sie starrte ihn mit irren Augen an.

Wieder begann sie zu schreien, schrill und jäh. Mit einer Kraft, die niemand ihr mehr zugetraut hatte, sprang sie hoch, fiel den Arzt an.

Ihre Hände fuhren ihm wie Klauen ins Gesicht, er prallte zurück, gegen die Tür.

Hasenbach bekam ihre Handgelenke zu fassen, mußte all seine Kraft aufbieten, um sie sich vom Leibe zu halten.

»Frau Raven, hören Sie auf! Nehmen Sie sich zusammen. Ich bin es doch, Doktor Hasenbach. Sie kennen mich. Ich habe Sie schon behandelt!«

Sie wand sich in seinem Griff, suchte sich loszureißen. Sie knirschte mit den Zähnen, hatte jedoch wenigstens wieder aufgehört zu schreien.

»Beruhigen Sie sich! Sie müssen sich endlich beruhigen!«

Ein Zucken lief durch ihren Körper. Ihr Kopf schnappte in den Nacken, ihre Augen zeigten nur noch das Weiße. Schlaff fiel sie dem Arzt in die Arme.

Dr. Hasenbach bettete Alexandra auf eine Liege im Bad, die wohl für Massagezwecke bestimmt war. Er untersuchte sie rasch, gewissenhaft.

Totaler Zusammenbruch. Und mehr als das. Alexandra Raven gehörte in eine Anstalt. In eine Nervenklinik.

Noch am gleichen Tag schloß sich die weißgepolsterte Tür eines Privatzimmers einer privaten Nervenklinik in Hennef hinter Alexandra Raven.

Die Wohnung lag im zwölften Stock eines modernen Appartementhauses in München-Schwabing. Weite Fenster bezogen das Panorama der Stadt in einem grandiosen Gemälde ein. Deshalb hatte Lena auf Vorhänge und Gardinen verzichtet. Niemand vermochte hier oben ihre Privatsphäre zu stören, und sie konnte an klaren, föhnigen Tagen bis zu den Alpen sehen und am Abend den Sonnenuntergang und in der Nacht den Sternenhimmel.

An vielen Abenden stand sie am Fenster, wenn es dunkelte, und sie wiegte das Kind in ihren Armen.

»Siehst du, jetzt geht der Mond auf«, sagte sie dann, und das Kind folgte mit großen, ernsten Augen ihrer weisenden Hand. »Wenn du größer bist und sprechen kannst, werde ich dich ein Lied lehren, das vom Mond und vielen Sternen handelt, und du sollst dich nicht fürchten, wenn es Nacht wird.«

Das Kind schloß die Augen, als habe es jedes Wort verstanden und schmiegte sein Gesicht an ihren Arm.

Sie trug die kleine Cornelia zu ihrem Bettchen und deckte sie sanft zu.

Lena blieb bei dem Kind sitzen, bis es eingeschlafen war, und sie konnte ihre Augen nicht von ihm wenden.

Seit einem halben Jahr lebte sie so – eigentlich nur für das Kind.

Ruhig, bescheiden, zurückgezogen – so kannten die anderen Mieter des Hauses Lena als Frau Raven mit ihrer sieben Monate alten Tochter. Sie ließ die kleine Cornelia an drei Tagen in der Woche in der Obhut einer Studentin, die sich damit einen Teil ihres Studiums verdiente.

An diesen drei Tagen arbeitete Lena in einem Kinderbuchverlag.

Sie fertigte hier Übersetzungen aus dem Englischen und Französischen an, und sie war so behutsam in der Auswahl der Worte, daß ihre Arbeiten wie mit einem Silberstift gezeichnet schienen.

Man brachte ihr Zuneigung entgegen im Verlag, die jedoch nie herzlich werden konnte, denn Lenas kühle, ein wenig abweisende Art verhinderte dies.

Die Stenotypistinnen unterhielten sich manchmal über sie: »Komisches Mädchen. Noch so jung. Niemand hat sie jemals lachen gesehen ...«

Nein, lachen sah man Lena nie.

Manchmal legte sich ein sanftes Lächeln um ihren Mund, wenn sie tief in der Arbeit steckte und sich unbeobachtet glaubte, aber es erreichte nie ihre Augen.

»Komisch, daß sie schon so viele graue Haare hat. Wenn das so weitergeht, ist sie bald ganz weiß.«

Aber dies, und darüber waren sich alle, die Lena kannten, einig, trug nur zu der schwermütigen Schönheit ihres Gesichtes bei.

Es gab natürlich auch Männer, die dies wahrnahmen und die es reizte, das Geheimnis zu ergründen, das sie offensichtlich umgab.

Aber Lena erstickte freundlich, doch bestimmt jede auch noch so wohlgemeinte Annäherung im Keim.

Sie lebte allein, nur für sich und das Kind, und sie hatte nicht die Absicht, dies jemals zu ändern.

Ein halbes Jahr verging, in dem einige der Wunden heilten, die sie von ihrer Mutter empfangen hatte, dann jedoch wieder aufrissen, als Lena durch den Anwalt ihrer Eltern aus Siegburg erfuhr, daß man ihre Mutter in eine Nervenklinik eingeliefert hatte.

Noch einmal, ein einziges, letztes Mal spürte Lena den Drang, zu Alexandra zurückzukehren, ihr beizustehen, selbst wenn sie, wie Lena annehmen mußte, es nicht einmal begreifen würde.

Es war die Qual einer Nacht.

Der Morgen mit kühlem grauen Licht ließ Lena die Entscheidung treffen, daß sie ein- und für allemal bar jeder Verantwortung für ihre Mutter war.

Ein halbes Jahr lang führte sie also ein Leben, das sie sich selbst gebaut hatte, in einer Klause des Abstands im zwölften Stock eines Hochhauses.

Und dann geschah etwas, das Lenas Selbstgenügsamkeit zerstörte, ihr bewies, daß es noch Menschen gab, die an sie dachten und an die sie denken mußte.

Sie erhielt Post aus Amerika. Von ihrem Vater aus Delaware.

Es schien ein glücklicher, fast überschwenglicher Brief.

»Ich bin befreit«, schrieb Robert Raven, »ich bin in ein neues Leben eingetreten, das mich mehr als zufrieden macht. Ich gebe Vorlesungen an der Universität. Ich wohne in einem Haus, das Deinem klaren, einfachen Geschmack entsprechen würde. Ich bin wohlhabender, als ich es jemals war, denn mein Krebsmittel HA 1 ist inzwischen in die Produktion gegangen. Ich werde bald sogar ein reicher Mann sein, der Dir jeden Wunsch erfüllen kann. Komm zu mir. Bring meinethalben das Kind mit, wenn Du Dich nicht davon trennen kannst. Bitte, Lena, komm bald zu mir.«

Und er schickte ihr Geld, 2000 Dollar für die Überfahrt.

Eines jedoch schrieb Robert Raven nicht.

Er war zu stolz dazu, um das Mitleid irgendeines Menschen, selbst seiner Tochter, zu erbitten.

Robert Raven war ein todkranker Mann.

»Ihre Jahre in den Tropen fordern jetzt ihren Tribut«, sagten die Ärzte. »Zu viel Fieber, falsche Ernährung. Ihre Leber streikt.«

Sie nannten den Namen seines Leidens nicht, aber er wußte, daß es eine sehr weit fortgeschrittene Leberzirrhose war.

Die Vorlesungen an der Universität hatte er aufgegeben, als ihn der erste Fieberanfall ans Bett fesselte. Danach war er zu schwach, um wieder aufzustehen.

Geld verdiente Robert Raven immer noch. Er brauchte inzwischen sogar einen Vermögensverwalter, um die Flut des Geldes zu bändigen und sie in sichere Anlagekanäle zu leiten.

Robert Raven war auch nicht mehr allein, es gab wieder eine Frau an seiner Seite.

Joan Maring. Ein wenig plump war sie, ihr Gesicht war vor allem von Lachfalten geprägt. Sie trug ihr Haar kurz und burschikos frisiert, und es war stahlgrau.

Joan war zweimal verheiratet gewesen, und sie sprach nicht gern darüber, denn sie hatte ihren ersten Mann im Krieg bei Pearl Harbor, den zweiten durch eine schleichende Krankheit verloren.

Sie hoffte nicht, Robert Raven zu heiraten, selbst wenn ihm die Zeit dazu geblieben wäre.

Sie hoffte nur, eine Weile lang noch bei ihm ein wenig Glück zu finden.

»Joan, wenn ich wieder gesund bin, werden wir eine Weltreise machen, du und Lena und ich«, versprach Robert Raven oft. »Ich werde euch an alle die Plätze führen, die ich in meinen unruhigen Jahren gesehen habe. Ans Kap der Guten Hoffnung, wo man sieht, wie der Atlantik und der Indische Ozean miteinander verschmelzen. In die Steppe von Kenia, wo die Massai wie rote Götter im Schein ihrer nächtlichen Wachtfeuer auf ihre blinkenden Speere gelehnt Wache halten. Ich werde euch mit ins goldene Siam nehmen, und auch in die Sümpfe von Chadura. Dort werden euch Moskitos plagen und der Giftbrodem der Sümpfe, aber ich werde euch die Habuta-Bäume zeigen oben auf den Bergen in der Obhut der heiligen Männer ...«

Er hielt oft Joans Hand. Für ihn war ihr Gesicht schön. Es war voller Güte und ohne Falsch, und er liebte ihre Stimme, die wie eine lindernde Berührung war.

»Warum haben wir noch keine Nachricht aus München?« fragte er dann, und eine steile Falte grub sich in seine Stirn, über der sich das Haar immer mehr lichtete, als müsse der Schädel noch stärker herausmodelliert werden. »Warum antwortet Lena mir nicht?«

»Du hast ihr erst von ein paar Tagen geschrieben«, antwortete Joan dann. »Du mußt wirklich ein wenig Geduld haben.«

»Hast du ihr auch das Geld geschickt?«

»Ja, natürlich. 2000 Dollar, wie du es wolltest.«

Robert hob ihre Hand und legte sie unter seine Wange, und er schloß mit einem zufriedenen Lächeln die Augen.

»Lena wird zu mir kommen«, sagte er nach einer Weile, wenn Joan ihn längst schlafend glaubte. »Sie wird kommen, und sie wird dich liebhaben, denn sie hat nie wirklich eine Mutter gehabt.«

Und seine Ungeduld, die Tochter wiederzuhaben, steigerte sich von Tag zu Tag.

Auch für Dr. Christoph Bertram war ein halbes Jahr vergangen. Ein halbes Jahr – fast wie im Flug –, denn er hatte seine neue Praxis in dem kleinen, 300 Einwohner zählenden Dorf aufgebaut, das wie ein Nest in einer Hügelfalte klebte.

Es war schwer gewesen, das Vertrauen der Menschen hier zu erringen, als ein Fremder, ein Preuße, ein Zugereister.

Aber das war gut so gewesen, denn es hatte Christoph Bertram nicht zum Nachdenken kommen lassen.

Und der Entschluß, den er schließlich faßte, hatte auch seine Zeit gebraucht.

Silberschwarz fast schien der Himmel an diesem Oktobernachmittag, als Dr. Christoph Bertram seinen Wagen auf die Autobahn nach München lenkte.

Flammend rot und golden leuchtete das Laub der Bäume. Letzte leuchtende Herbsttage vor dem Nebelgrau des Winters. Wer jetzt kein Haus hat, baut sich keines mehr, wer jetzt allein ist, wird es lange bleiben ...

Aber er würde nicht allein bleiben.

Gerade deswegen fuhr er nach München.

Und eine knappe Stunde später lenkte er seinen Wagen in eine Parklücke vor einem modernen Hochhaus in Schwabing.

Er kannte Lenas Adresse seit langem.

Robert Raven hatte sie ihm in einem seiner wenigen Briefe aus Delaware mitgeteilt.

Auf einem der beiden Namensschilder des zwölften Stockwerks stand »Lena Raven«.

Die Sprechanlage klickte, als Christoph geklingelt hatte.

»Ja?« fragte Lenas Stimme, und er hätte sie aus tausend herausgekannt.

»Bertram«, sagte er, »Christoph Bertram.«

»Ja?« Eine lange, ewigwährende Pause, und dann sagte sie: »Bitte, kommen Sie herauf.«

Der Lift stieg Christoph zu langsam, er hätte sich eine Rakete gewünscht, die ihn in den zwölften Stock hinaufschoß.

Er trat aus dem Aufzug, und Lena stand in ihrer Wohnungstür. Schmal, blaß, das Gesicht umrahmt von ihrem blonden Haar; sie sah immer noch wie ein Kind aus.

Fünf Schritte nur bis zu ihr und doch eine unendliche Strecke Weges, die es zurückzulegen galt, wenn sie ihm nicht einen Schritt entgegentrat.

Sie tat diesen einen Schritt, sie tat ihn wie jemand, der in blendende Helle oder tiefe Dunkelheit tritt.

»Lena«, sagte er, und sie standen ganz nah voreinander, und sie legte ihren Kopf in den Nacken, um ihn anzusehen.

Er nahm sie in die Arme, vorsichtig, ganz sanft. Er preßte sie an sich. Sie ließ es geschehen. Aber sie tat nichts, gar nichts, um seine Umarmung zu erwidern.

»Lena«, wiederholte er, und sie sagte, indem sie sich ruhig aus seinen Armen löste: »Komm doch herein.«

Er betrat an ihrer Seite den großen, klaren Wohnraum.

Wußte mit dem Instinkt des Mannes, der eine Frau liebt, daß sie hier allein lebte, daß es keinen anderen Mann gab, und spürte auch mit dem gleichen Instinkt, daß Lena niemanden hier haben wollte. Keinen Mann.

»Möchtest du etwas trinken?« fragte sie. »Einen Kaffee, einen Tee?«

»Ich möchte rauchen, wenn du erlaubst«, sagte er befangen.

»Natürlich.« Sie bot ihm Zigaretten an.

»Setz dich doch«, sagte sie. Und er hätte fast sogar eine kleine, dankbare Verbeugung gemacht, wie es bei einer Fremden üblich wäre.

»Ich wußte schon seit langem, daß du in München lebst. Ich wäre früher gekommen, aber ich dachte, wir beide brauchen Zeit«, versuchte er zu erklären.

»Natürlich«, sagte Lena mit lächelndem Mund.

»Lena, kannst du mir verzeihen?«

»Aber es gibt doch nichts zu verzeihen«, sagte sie leichthin.

»Lena, bitte, sei nicht so –«

»Wie denn? Wie bin ich denn?«

Er zuckte zusammen, denn er kannte diesen Ton nicht an ihr.

»Du bist verändert«, murmelte er und haßte sich selbst wegen der Hilflosigkeit, zu der sie ihn zwang.

»Lena, können wir nicht da anfangen, wo wir in Siegburg aufgehört haben? Ich meine, können wir nicht ganz von vorne anfangen?«

»Du vergißt, daß ich ein Kind habe.«

»Nicht dein Kind, Lena.«

Und das hätte er nicht sagen dürfen.

Genau das nicht!

Er sah den Zorn in ihren Augen, er sah dieses heiße,

zornige Aufblitzen in diesen früher so sanften grauen Augen.

»Cornelia ist mehr mein Kind, als irgendein anderes es jemals sein könnte!«

»So habe ich es doch nicht gemeint –«

»Natürlich nicht!« Lena sprach hastig, heftig, stieß jedes Wort hervor. »Das ist immer die Ausrede. Ich habe es nicht so gemeint! Das hat meine Mutter auch schon gesagt und mein Vater und jeder Mensch, mit dem ich bisher zusammengetroffen bin. Warum bist du denn überhaupt hergekommen, warum? Könnt ihr mich denn nicht in Frieden lassen? Erst mein Vater – und jetzt du!«

Sie verkrampfte ihre Hände ineinander, ihre Wangen röteten sich hektisch. »Frieden. Ruhe. Das ist doch das einzige, was ich will.«

»Lena, bitte, ich wollte dich wiedersehen. Ich brauche dich. Bitte, laß uns doch versuchen – ich werde mich auch an das Kind gewöhnen, an *deine* Tochter.«

Sie schüttelte stumm und heftig den Kopf.

»Bitte«, wiederholte er, »bitte.«

»Nein, ich will es nicht. Ich will kein Mitleid.«

»Aber es ist kein Mitleid, Lena.« Er war bei ihr, nahm sie wieder in die Arme.

Sie zitterte und schüttelte immer wieder den Kopf.

»Lena, ich liebe dich. Lena, es kann alles gut werden, wenn du es nur willst.«

»Nein«, stammelte sie, »nein, es ist zu spät!«

»Was ist zu spät?«

»Ich geh ja fort. Ich geh doch für immer fort.«

»Lena!«

»Ja, nach Amerika. Zu meinem Vater. Er braucht mich dringend.«

»Aber du kommst doch zurück!«

»Ich weiß es nicht. Nein, Christoph, versteh doch, ich weiß es nicht.«

»Warum denkst du nicht einmal an dich selbst? Warum nur, Lena? Warum immer nur an andere Menschen. Zuerst an deine Mutter –«

»Sprich nicht von ihr!« schluchzte sie auf.

»Jetzt an deinen Vater.«

»Er ist ein kranker Mann.«

»Hat er jemals deinetwegen etwas aufgegeben? Hat er jemals deinetwegen auf etwas verzichtet? Er hat dich als Kind allein gelassen, er hat dich in Zürich allein zurückgelassen, ja, ich ja auch, ich weiß es. Aber, Lena, bleib hier, geh nicht fort. Weiß du, was alles passieren kann?«

»Nein, ich weiß es nicht«, stammelte sie. »Ich weiß überhaupt nichts mehr.«

»Bleib hier«, sagte er. »Bitte. Oder wenigstens – überleg es dir noch einmal.«

Lena löste sich aus seinen Armen. Sie ging zu einem schmucklosen Schreibtisch, der unter dem riesigen Panoramafenster stand.

Sie kam mit einem Telegrammformular zurück.

»Das ist heute morgen gekommen.«

»Christoph las die wenigen Zeilen.

»Ihr Vater schwer erkrankt. Kommen unbedingt erforderlich, Joan.«

»Wer ist Joan?« fragte Christoph.

»Ich weiß es nicht«, sagte Lena. »Ich weiß nur, daß Vater mich braucht und daß ich zu ihm muß.«

»Aber du kommst doch zurück? Du mußt zurückkommen. Du kannst doch auch das Kind nicht mitnehmen. Einen Säugling. Das uneheliche Kind deiner Mutter. Wenn dein Vater so krank ist, wird es ihn schrecklich aufregen –«

»Aber wo soll es dann bleiben? Ich will Cornelia nicht zu fremden Leuten geben.«

»Du bringst sie in ein gutes Heim. Ich kenne eines in der Umgebung von München.«

Und Christoph dachte, wenn sie es tut, wenn sie das Kind hierläßt, kommt sie auch zu mir zurück.

»Wenn du meinst, daß es richtig wäre«, sagte Lena zweifelnd.

»Aber bestimmt. Ganz bestimmt!«

Lena hatte den Kopf gesenkt. Noch einmal nahm er sie in die Arme. Hielt sie stumm an sich gepreßt.

»Geh«, sagte sie dann, »ruf mich an, aber bitte geh jetzt.«

»Ich werde auf dich warten«, sagte Christoph Bertram. »Ich werde schon jetzt die Tage zählen, bis du aus Amerika zurückkommst.«

XVI

Das Haus lag in der Nähe der Universität in einem ulmen- und birkenbestandenen Park. Es war ein flacher, eleganter Bungalow, der keinerlei wärmende Gedanken an ein Zuhause aufkommen ließ.

»Hier also lebt Vater«, murmelte Lena und konnte es nicht glauben, denn sie kannte seine Abneigung gegen alles, was so unpersönlich, so ohne Charakter war wie dieses Haus.

»Bitte?« fragte Joan in den hellen Lauten, die ihrem grammatikalisch einwandfreien Deutsch eigen waren.

»Ich wundere mich, daß mein Vater in einem so modernen, so sterilen Haus lebt.«

»Das war sein ausdrücklicher Wunsch«, sagte Joan. »Ich glaube, daß er durch nichts in seiner Umgebung an Europa erinnert werden wollte.«

»Wie krank ist mein Vater eigentlich?« Lena hatte es auf der langen Fahrt vom Flughafen hierher schon die ganze Zeit über fragen wollen und es nicht über die Lippen gebracht.

»Die Ärzte werden es Ihnen sagen«, erwiderte Joan und wandte ihr Gesicht ab. Sie ließ den Stationswagen, den sie sicher und geschickt chauffiert hatte, vor dem Eingang ausrollen.

»Kommen Sie«, sagte Joan, »Ihr Vater erwartet Sie schon ungeduldig.«

Wenig später betrat Lena sein Zimmer, das in fahlem Halbdunkel lag. Die Blenden schlossen den Tag und die Sonne, das Tschirpen der Vögel und das Rauschen des Windes aus.

Zögernd, lautlos trat Lena an das Bett, denn ihr Vater lag mit geschlossenen Augen da.

Und sie sah, was ihr die Ärzte nicht mehr zu erklären brauchten: Er war ein sterbender Mann.

»Lena?« fragte er und hatte sie doch hereinkommen gehört.

»Ja«, sagte sie. »Guten Tag, Vater.«

Er öffnete die Augen und sah sie an.

»Endlich«, formten seine Lippen.

Sie hörte es nicht.

»Wie geht es dir?« fragte sie und griff nach seinen unruhigen Händen, die kalt und feucht waren.

»Gut – jetzt«, sagte er wieder lautlos. »Du bist ja bei mir.«

Lena wachte zwei Tage und zwei Nächte am Krankenbett ihres Vaters. Sie trug immer noch das Kostüm, das sie auf dem Flug nach Amerika getragen hatte; es war ihr nicht einmal bewußt.

Lena aß und trank von dem, was Joan ihr auf einem Tablett zu den Mahlzeiten brachte.

Sie tat es wie jemand, der wach träumt und nur dem Instinkt gehorcht, daß sie nicht schlapp machen dürfte.

Sie wartete darauf, daß ihr Vater noch einmal das Wort an sie richten würde, während er in den Tod hinüberglitt.

Sie wartete darauf, noch ein einziges Mal seine Stimme zu hören.

Und dann kam der dritte Morgen, und sie wußte, daß es der letzte Morgen war, denn er sagte: »Ich will noch einmal die Sonne sehen.«

Aber die Sonne schien nicht. Und Joan Maring lief nach draußen; sie wußte, daß Robert Ravens Sehvermögen schon nicht mehr ausreichen würde, die Notlüge zu entdecken, und sie hielt eine stark strahlende Lampe gegen die Fensterscheibe.

»Die Sonne«, flüsterte er, und ein Lächeln legte sich um seine Lippen. »Gib mir deine Hand, Alexandra, und laß uns in der Sonne spazierengehen.«

Lena legte ihre Hand in die magere heiße Hand ihres Vaters, und sie hätte beinahe aufgeschrien vor Schmerz, denn so viel Kraft besaßen seine Finger noch.

»Du bist nicht Alexandra«, murmelte er, und da wandte er den Kopf in Lenas Richtung, und seine Augen erkannten die Tochter schon nicht mehr, aber seine Stimme war noch einmal, ein letztes Mal, klar.

»Verzeih mir, Kind«, sagte er, »ich war dir kein guter Vater. Und vielleicht deiner Mutter kein guter Mann.

Aber ich habe dich geliebt, und ich habe sie geliebt.«

Noch einmal bäumte Robert Raven sich auf, und das letzte Wort, das über seine Lippen kam, war: »Alexandra!«

Der Name der von jeher geliebten und auch so gehaßten Frau.

Joan Maring kam zurück ins Zimmer. Sie legte Lena den Arm um die Schultern und sagte: »Es ist vorbei.«

Joan Maring weinte.

Aber Lena konnte nicht mehr weinen, nicht einmal mehr um den Tod ihres Vaters.

Die Wände der Anwaltskanzlei in New York waren in Mannshöhe mit gelbem Leder tapeziert. Puma- und Bärenfälle bedeckten das Rotholzparkett.

Sie saßen an einem gläsernen Tisch. Ronald MacDee in einem Ledersessel, der sich nur durch die hohe, steife Lehne von den anderen unterschied. Ihm gegenüber Lena Raven in einem schwarzen Kleid, dessen Strenge nur ein kleiner weißer Kragen milderte. Ihr zu Seite Joan Maring, in dunkles Grau gekleidet.

»Ich glaube, Sie können einen Drink gebrauchen, Miß Raven«, sagte der Anwalt und lächelte schmal. Lena blickte nicht von ihren weißen Handschuhen auf, deren Fingerspitzen dunkle Staubflecken aufwiesen.

»Ich habe den Eindruck, daß das Testament Ihres Vaters Sie überrascht hat?« fragte Ronald MacDee.

»Nun ja, bis auf den Pflichtteil, den Ihre Mutter erhält, sind Sie seine Universalerbin«, sagte Joan ruhig und berührte Lenas Arm.

Sie blickte auf, in die freundlichen blauen Augen der älteren Frau.

»Aber ein solches Vermögen, Joan, ein Millionendollarvermögen ...«, die Stimme versagte Lena. Sie spürte ihre Mundwinkel zittern.

»Zwei Millionen Dollar.«

»Die bestens angelegt sind«, lächelte Ronald MacDee.

Lena blickte von einem zum anderen. Sah ihre freundlichen, gutwilligen Augen. »Aber das Geld steht mir nicht zu«, sagte sie. »Wirklich nicht. Ich weiß auch gar nicht, was ich damit anfangen soll. Wenn es jemandem zustände, dann sind Sie es, Joan. Sie haben sich um Vater gesorgt, als er krank war. Sie haben ihn wochenlang gepflegt.«

Joan schüttelte lächelnd den Kopf. »Sie sind seine Tochter, Lena, und Sie werden sich schnell daran gewöhnen, eine reiche, unabhängige junge Frau zu sein.«

Sich daran gewöhnen, Millionen zu besitzen?

So reich zu sein, daß es wiederum unvorstellbar war?

Und unabhängig? Von allen Menschen unabhängig?

Lena war, als stände sie unter einer Droge, als habe sie nicht nur einen Martini bei MacDee getrunken.

Sie stand in dem Bad ihres Hotelzimmers in New York.

Sie betrachtete sich im Spiegel.

Das schmale, unauffällige Gesicht unter dem blonden Haar, das viel zu früh erste weiße Fäden zeigte.

Die Augen, traurig immer noch.

»Ich bin reich«, sagte Lena, und der Spiegel beschlug von ihrem Atem. »Ich kann von heute ab alles tun, was ich will.«

Sie würde noch eine Weile brauchen, um es voll zu begreifen. Aber Lena wußte jetzt schon eines: was sie mit dem Geld anfangen würde.

Sie würde nach Deutschland zurückkehren, nach München zu Christoph. Und sie würde ihm das ermöglichen, was sie nur vage aus seinen Erzählungen kannte, das Vorantreiben seiner Krebsforschungen.

Ja, das würde sie tun. Und für die kleine Cornelia sorgen. Ein Haus kaufen und nach ihrem eigenen Geschmack einrichten, das Kind erziehen und auf die beste Schule schicken. Das beste Internat.

»Joan!« Lena lief in den Salon hinüber, der ihre beiden Schlafzimmer verband. »Joan, ich weiß, was ich anfange!« sprudelte sie ihre Pläne heraus. »Und Sie müssen mit mir kommen, Joan. Bitte, kommen Sie doch mit mir nach München.«

Joan lächelte, wie es ihre Art war, freundlich und verständnisvoll. »Nein, Lena, ich bleibe hier. Sie können zu jeder Zeit zu mir kommen und bei mir leben. Sie sollen wissen, daß mein Haus eine Heimat für Sie ist. Aber ich bin zu alt, um dieses Land zu verlassen, in dem ich von Jugend an gelebt habe. Das müssen Sie verstehen.«

»Joan«, sagte Lena, und da war wieder diese Schüchternheit, die stets ihr Leben bestimmt hatte, dieses Zuerst-an-andere-Menschen-Denken, »Joan, ich weiß nicht, wie ich es sagen soll, würden Sie es mir denn übelnehmen, wenn ich so bald wie möglich nach Haus zurückfliege? Ich meine, nach München – ich weiß, das ist sehr egoistisch von mir, ich sollte noch bei Ihnen bleiben. Sie waren so gut zu meinem Vater, Sie haben ihm in den letzten schweren Monaten das Leben so leicht wie möglich gemacht. Aber – ich –«

»Kind«, unterbrach Joan sie, »ich bin fast eine alte Frau – noch nicht ganz«, die Fältchen um ihre hellen Augen tanzten, »denn dazu bin ich noch zu eitel. Aber ich freue mich auf ein Leben der Ruhe und Zurückgezogenheit in meinem Haus, in meinem Garten. Ich werde all die Bücher lesen, zu denen ich bisher nicht gekommen bin. Ein paar wenige Freunde werden mich hin und wieder besuchen. Und wenn Sie das auch hin und wieder tun, Lena, sollte es mich nur freuen. Aber fliegen Sie jetzt so bald wie möglich nach Deutschland zurück. Ihr Christoph Bertram wird schon ungeduldig warten. Denn Männer, die lieben, sind immer ungeduldig.«

Joan war Lena behilflich, den Rückflug zu buchen.

Sie war ihr behilflich, Einkäufe zu machen, Geschenke für die beiden Menschen auszusuchen, die Lena liebte. Die kleine Cornelia bekam einen Zoo voller Stofftiere, für Christoph erstand Lena bei Tiffany's weißgoldene Manschettenknöpfe mit Sternsaphiren, sehr schlicht gefaßt und sehr kostbar.

Zum ersten Mal in ihrem Leben gab Lena Geld aus, ohne zu überlegen, und es war ein prickelnd-aufregendes, aber auch ein schuldbewußtes Gefühl.

»Sie werden es noch lernen«, lachte Joan, der sie es gestand. »Geld ist nichts weiter als ein Mittel, das Leben so angenehm wie möglich zu gestalten.«

Lena kaufte heimlich und freute sich selbst darüber wie ein Kind – eine Wildnerzjacke für Joan, denn sie wußte, daß die mütterliche Freundin sich niemals selbst einen solchen Pelz leisten konnte.

Nur an sich selbst – und das war auch wieder typisch für Lena – dachte sie nicht.

Schlicht und einfach, wie sie es stets gewesen war, nur nicht mehr in dumpfes Blau oder Grau gekleidet, sondern jetzt, der Trauer um ihren Vater willen, in schmuckloses Schwarz, würde Lena New York verlassen.

Sie schlief die letzte Nacht nicht, war zu aufgeregt.

Immer wieder stand sie auf, wanderte durch das elegant-komfortable Hotelzimmer, das ihr für eine kurze Weile eine Heimat in New York geworden war.

Lena trank Selters, zündete sich wieder eine Zigarette an, rauchte ein ganzes Päckchen leer – und führte darauf am Morgen das pelzige Gefühl in ihrem Mund zurück.

Sie hatte doch noch eine knappe Stunde geschlafen, und als sie sich beim Klingeln des Weckers erhob, waren ihre Beine und Arme gefühllos und schwer.

Ihr Kopf war heiß, und ihre Augen brannten.

Lena tappte schwindelig ins Bad, dachte, eine kalte Dusche würde dagegen helfen.

Aber als sie das Licht über dem Waschbecken anknipste, schrak sie zurück.

Ihr Gesicht war über und über von roten Flecken bedeckt.

»Joan, um Himmels willen, Joan, schauen Sie mich an!« Lena stürzte in Joans Wohnzimmer.

Joan telefonierte sofort nach dem Hotelarzt. Er diagnostizierte Masern und verordnete Klinikaufenthalt.

»Aber ich wollte heute nach Hause fliegen. Ich werde in München erwartet«, widersprach Lena.

»Sie werden eben 14 Tage später fliegen«, sagte der Arzt beruhigend, »dann sind Sie wieder fit.«

»Bitte, Joan, telegraphieren Sie Christoph sofort. Er soll sich nicht beunruhigen. Und er soll sich um Cornelia kümmern. Ach, Joan, warum muß ich ausgerechnet jetzt krank werden?«

Das Fieber und die Aussicht, 14 Tage lang in einer Klinik zu liegen, in abgedunkeltem Zimmer, wie der Arzt betonte, machten Lena ganz mutlos. Sie weinte wie ein Kind.

Aber sie ahnte nicht und konnte es auch nicht ahnen,

daß diese 14 Tagen genügen würden, um wieder einmal ihr Leben aus der Bahn zu werfen.

XVII

Sie war wie eine Schlange, die ihre alte, häßliche Haut abgeworfen hat.

Da waren keine Falten mehr in dem zarten, durchscheinend blassen Gesicht.

Da war kein trüber, kranker Glanz mehr in ihren Augen.

Das Haar fiel lebendig und schimmernd schwarz wieder auf ihre Schultern.

Drei Wochen Tiefschlaf und eine vorsichtige psychotherapeutische Leitung durch Prof. Hansen hatten aus Alexandra Raven wieder die Frau gemacht, die sie einmal gewesen war.

Schön und begehrenswert, von einer Lebendigkeit und einem Charme, die jeden in ihren Bann schlugen.

Auch Professor Wolfgang Hansen.

Denn er glaubte, an diesem Abend in der sorgfältig gekleideten, sorgfältig geschminkten Alexandra Raven eine Geheilte vor sich zu haben.

Sie speisten – sie feierten damit Alexandras Genesung – im ›Maternus‹ in Bad Godesberg.

»Das Leben kann wunderbar sein, wenn man gesund ist«, sagte Alexandra Raven und hob ihr Champagnerglas. Das Leuchten ihrer Augen und das unnachahmliche Lächeln ihres geschwungenen Mundes betrog alle, auch den Professor.

Sie schien nichts anderes zu sein als eine Frau, die Freude und Genuß am Leben sieht.

Und sie täuschten sich alle.

Sogar Alexandra sich selbst.

Sie selbst wollte jetzt nicht an die dunklen, die bösen Pläne denken, die sie längst gefaßt und auch in die Tat umzusetzen gedachte.

Aber für sie selbst waren diese Pläne auch gar nicht böse – für sie selbst waren es die natürlichsten Entscheidungen, die sie hatte treffen können.

»Champagner«, sagte sie, »französischen Champagner und ein Pfeffersteak und ein ganz zartes Omelett Confiture hinterher.« Sie krauste ihre Nase. »Wie sehr habe ich all das vermißt. – Und Ihnen, lieber Professor, habe ich es zu verdanken, daß ich es wieder zu schätzen weiß.«

Sie berührte mit ihren Fingerspitzen die Hand des Professors. »Wenn Sie mich nicht gerettet hätten aus der Nacht meiner Verzweiflung ...«

Sie schloß sekundenlang die Augen, blickte ihn dann voll wieder an. »Ich war so verwirrt, so unglücklich.«

»Und Sie hatten auch allen Grund dazu«, sagte der Professor ernst. Er war ein gutaussehender Mann mit seinem eisgrauen Haar, den festen Lippen des braungebrannten Gesichtes; vielleicht war er eine Spur zu jugendlich gekleidet, aber das sah man einem Mann wie ihm als liebenswerte Schwäche nach. Er war eine Kapazität auf dem Gebiet der Psychotherapie und dazu ein blendender Gesellschafter, der auf keinem wichtigen Bonner Empfang fehlte.

»Ja, nicht wahr, ich habe vieles ertragen müssen?« fragte Alexandra. »Verlassen von meiner Tochter mit ihrem unehelichen Kind, verlassen von meinem Mann –«

»Daran wollen wir doch jetzt gar nicht mehr denken«, sagte Hansen und nahm ihre Hand behutsam in seine beiden Hände. »Wir wollen nur an die Zukunft denken, meine liebe Alexandra, nicht wahr?«

»Ja«, sagte sie mit ein wenig heiserer, ein wenig atemloser Stimme, »an die Zukunft.«

»Ich besitze ein Haus auf Capri«, lächelte Hansen.

»Capri im Herbst ist zauberhaft«, sagte Alexandra. »Ich war nur einmal dort, als ganz junges, dummes Mädchen. Damals war ich zu dumm, um es zu genießen.«

»Wollen Sie – mit mir hinfliegen?« fragte Hansen. »Eine Woche, oder auch zwei?«

»Lassen Sie mir ein wenig Zeit«, bat Alexandra. »Verlangen Sie eine Antwort nicht jetzt. Ich habe noch einige Dinge zu erledigen, aber dann –«

Hansen versprach, geduldig zu sein. Er hätte Alexandra alles versprochen. Er war ihr verfallen, wie schon viele Männer vor ihm.

Alexandra lachte später, allein in ihrem Schlafzimmer, in ihrem Haus.

Narr, der er war!

Alle Männer waren Narren, die ihr zu Füßen lagen.

Sie waren nur da, um ausgenutzt zu werden, nur da, um von ihr benutzt und weggeworfen zu werden wie ein altes Kleidungsstück.

Alle Männer, alle Menschen. Einschließlich Lena.

Alexandra spürte die Flamme des Hasses auf ihre Tochter versengend durch ihre Brust schießen.

Nein. Lena nicht. Lena war anders als die anderen. Sie war sogar noch in ihrer Schwäche stark.

Mit ihrem Madonnengesicht, mit diesem Demutsblick.

Und dafür sollte sie büßen.

Mitten in der Nacht rief Alexandra mit tränenbebender Stimme Professor Hansen in seinem Haus am Fuß des Siebengebirges an.

Schlaftrunken meldete sich seine Frau.

»Ich muß den Professor sprechen«, verlangte Alexandra.

»Aber mein Mann hatte eine lange, anstrengende Sitzung heute abend. Ich möchte ihn nicht mehr stören.«

»Bitte – bitte, ich muß Ihren Herrn Gemahl sprechen«, wiederholte Alexandra mit tränenbebender Stimme und glaubte, am eigenen Lachen ersticken zu müssen.

»Alexandra – Sie?« Des Professors Stimme klang ungehalten, als er an den Apparat kam.

»Wolfgang, ich brauche Ihre Hilfe«, sagte sie. »Bitte, es ist so dringend. Ich habe soeben erfahren, daß meine Tochter ihr Kind im Stich gelassen hat. Sie ist nach Amerika geflogen. Wolfgang, Sie müssen mir helfen, herauszufinden, wo sich das Kind befindet.«

»Aber doch nicht jetzt, mitten in der Nacht, Alexandra.«

»Verzeihen Sie«, murmelte sie demütig. »Natürlich nicht. Ich – ich war so aufgeregt. Ich mußte mit einem Menschen darüber sprechen. Und zu Ihnen habe ich doch Vertrauen.«

»Natürlich. Das sollen Sie auch haben, Alexandra. Ich will Ihnen ja auch gern helfen.«

»Meine Tochter hat zuletzt in München gelebt. Irgendwo in der Umgebung muß sie das Kind in ein Heim gesteckt haben. Verstehen Sie, Wolfgang, ich selbst weiß gar nicht, wie ich herausfinden sollte, wo.«

»Natürlich wäre es auch sehr peinlich für Sie, die Zusammenhänge erklären zu müssen. Überlassen Sie das nur mir. Ich werde meine Sekretärin gleich morgen früh beauftragen, den Aufenthalt des Kindes herauszufinden.«

»Ich danke Ihnen, Wolfgang«, sagte Alexandra sanft. »Ich werde Ihnen nie vergessen, wie Sie mir zur Seite gestanden haben – in den letzten schweren Wochen, und es auch jetzt noch tun.«

Alexandra legte mit einem triumphierenden Lächeln den Hörer auf.

Sie streckte sich wie eine Katze, griff mit beiden Händen in das volle schwarze Haar, ließ es durch ihre Finger gleiten.

Natürlich hatte sie schon während des gemeinsamen Essens im ›Maternus‹ von Lenas Reise nach Amerika, von ihrem Aufenthaltsort dort und von Roberts Tod gewußt.

Natürlich hätte sie den Professor deswegen nicht mitten in der Nacht noch zu stören brauchen.

Aber daß sie es dennoch tat, gehörte zu ihrer Vorliebe, anderen Menschen Ungemach zu bereiten, Aufregung, Ärger, wenn möglich Qual.

Sie mußten springen, wenn sie es befahl. Und wenn es mitten in der Nacht war.

Ein Wort von ihr, und sie mußten zur Stelle sein.

Sie sollten sie nicht eine Stunde lang vergessen, sie sollten nur an sie denken.

Sie sollten ihren Schach- und Winkelzügen bedingungslos folgen. Und sie taten es.

Zumindest Professor Wolfgang Hansen.

Nicht im entferntesten ahnend, was er damit anrichtete, sondern nur von dem einen Wunsch geleitet, Alexandra Raven gefällig zu sein, besorgte er ihr die Adresse des Kinderheims bei München, in dem die kleine Cornelia untergebracht war.

Die Oberin war eine Frau Ende der Fünfzig. Schneeweiß umschloß die Haube das rosige, weiche Gesicht mit den strengen grauen Augen.

Sie saß hinter einem Schreibtisch, der über und über mit Rechnungen und Korrespondenz beladen war; einer Flut von Papieren, die eher einem überforderten Angestellten eines Kreditinstitutes zugestanden hätte.

»Es tut mir leid, Frau Raven«, sagte sie, nachdem sie Alexandra mit aufmerksamer Geduld zugehört hatte, »aber Ihre Tochter hat ausdrücklich Anweisung hinterlassen, daß niemand – und ich muß leider den Eindruck haben, dies schloß auch Sie ein – befugt sei, ihre kleine Tochter abzuholen.«

»Ja – das ist – ich kann es ja verstehen«, sagte Alexandra. Sie schien verlegen, senkte den Blick. »Sehen Sie, mein verstorbener Mann und ich waren nicht sehr glücklich, daß Lena – nun Sie verstehen, was ich meine.«

»Ja, ich verstehe, was Sie meinen«, stimmte die Oberin zu.

»Nun – da ich jetzt ganz allein bin und meine Tochter noch in Amerika weilt, dachte ich, es ist doch das richtigste, wenn ich –«, und hier zögerte Alexandra doch, denn sie mußte ein Lächeln unterdrücken – »meine Enkelin zu mir nach Hause hole.« Sie entnahm ihrer Handtasche einen Zeitungsausschnitt, reichte ihn der Oberin. »Zumal, wie Sie gleich sehen, meine Tochter zur Zeit kaum die Absicht haben dürfte, nach Hause zurückzukehren.«

Die Oberin las die Klatschmeldung aufmerksam.

»Junge Millionenerbin in Las Vegas.

Die Tochter des erst kürzlich verstorbenen Forschers und Gelehrten Robert Raven, der der Welt ein Heilmittel gegen Hautkrebs schenkte, will sich in Las Vegas vergnügen. ›Es war‹ – so sagte sie in einem Interview – ›schon immer mein Wunsch, einmal Frank Sinatra und Dean Martin in Wirklichkeit zu erleben. Ich finde Amerika überhaupt wundervoll. Ich möchte am liebsten immer hierbleiben ...‹«

»Nun«, sagte die Oberin und lächelte flüchtig. »Papier ist geduldig. Ihre Tochter machte auf mich doch eigentlich einen sehr ernsthaften Eindruck.«

»Der leider täuscht«, erwiderte Alexandra und errötete wieder wie verlegen.

»Ja – unter diesen Umständen – ja, nun, Sie sind schließlich die Großmutter. Also gut«, sagte die Oberin mit einem Mal entschieden. »Ich will Ihnen erlauben, die kleine Cornelia mitzunehmen.«

Diesmal konnte Alexandra ihr Lächeln nicht verbergen; sie hoffte nur, daß es nicht zu triumphierend ausfiel.

Auch Dr. Christoph Bertram war auf eine Notiz über Lena in den Klatschspalten der Münchener Abendzeitung gestoßen.

Lena auf dem Flug nach Las Vegas?

Sie hatte ihm doch geschrieben, daß sie schwer an Masern erkrankt sei.

Christoph Bertram saß im ›Schwarzen Hahn‹, dem einzigen Gasthof des Dorfes, am Tisch der Honoratioren; sie spielten Skat. Aber es fiel ihm schwer, sehr schwer, sich auf das Kartenspiel zu konzentrieren.

Ich wünschte, sie wäre schon zurück, dachte er, und er hatte eigentlich wie noch nie zuvor Angst, Lena doch noch zu verlieren.

Daran änderte sich auch nichts, als Christoph am nächsten Tag ihr Telegramm erhielt.

»Eintreffe heute, Freitag, LH-Flug, München. Herzlichst Lena.«

Die Maschine flog pünktlich ein.

Von der Aussichtsterrasse des Flughafenrestaurants aus konnte Christoph Lena erkennen, als sie aus dem riesigen, silbrig blinkenden Rumpf der Maschine stieg, sekundenlang auf der obersten Stufe der Gangway verweilte, dann die Treppe fast herablief.

Sie trug einen kurzen schwarzen Nerzmantel, und sie wirkte schlanker und größer, als er sie in Erinnerung gehabt hatte.

Sie hielt sich sehr aufrecht, und ihr Haar flatterte im Wind.

Christoph ging hinunter in die Flughalle, wartete darauf, daß Lena durch den Zoll kommen sollte.

Lena sah ihn sogleich. Sie hob winkend die Hand, und sie lächelte strahlend und glücklich.

Endlich hielt er sie in seinen Armen, und sie waren beide eine Weile lang stumm, preßten nur ihre Gesichter aneinander, sahen sich immer wieder an.

»Hattest du einen guten Flug?« fragte er.

»Ja, danke, es war sehr angenehm.«

»Du siehst erholt aus.«

»Joan hat mich auch wie ein Baby gepflegt. Du wirst sie kennenlernen. Sie besucht uns zu Weihnachten.«

Da mußte Christoph lachen, denn Lena wurde tiefrot, und ihre Hand strich, wie um Entschuldigung bittend, über seinen Arm. »Verzeih – ich meine natürlich, Joan wird mich besuchen.«

»Schäfchen«, sagte er, »weißt du denn nicht, wie glücklich du mich machst, wenn du von uns sprichst?«

»Wirklich?« Sie blickte nicht zu ihm auf, und ihre Augenlider flatterten.

»Ja, wirklich«, sagte er ernsthaft. »Ich hoffe, es gibt nichts, was unserem Aufgebot jetzt noch im Wege steht.«

»Ich weiß nicht«, murmelte Lena zweifelnd. »Das Kind. Cornelia – wie geht es ihr überhaupt? Wir fahren doch gleich hin, nicht?«

»Cornelia geht es prima. Ich hab' am Mittwoch noch mit der Oberin telefoniert. Sie erwartet uns morgen früh, um Cornelia abzuholen.«

Sie waren bei seinem Wagen angelangt, und er schloß die Tür auf.

Und im gleichen Augenblick wurde ihm die Diskrepanz bewußt: Hier sein alter, klappriger Wagen, schon seit drei Jahren war der neue eigentlich fällig – da Lena, in schwarzen Nerz gekleidet, darunter ein Kleid, schlicht und streng und schwarz, dessen Eleganz dennoch einen ersten Salon verriet.

Lena war reich. Eine Millionenerbin. Er hatte es fast vergessen gehabt.

»Was möchtest du jetzt tun?« fragte er und hatte gar nicht mehr den Mut, vorzuschlagen, sie mit zu sich nach Hause zu nehmen, wo er ein einfaches Abendbrot zubereitet hatte mit einer Flasche Sekt zur Feier des Tages.

»Ich dachte –«, sie verstummte und schüttelte den Kopf. »Ich glaube, ich sollte erst einmal nach Hause fahren. In meine Wohnung. Dann können wir doch weitersehen, nicht wahr?«

»Ja, natürlich«, sagte er.

Aber sie beide sprachen jetzt wie Marionetten mit geliehenen Stimmen, jedes Wort klang falsch.

Der kleine Landarzt und die Millionenerbin.

Na und, was soll das schon? Deswegen haben wir beide uns doch nicht verändert, dachte er.

Aber er glaubte es nicht, in seinem Innersten glaubte er es nicht. Und so blieb die Befangenheit zwischen ihnen, er kannte ihre Wurzel, Lena nicht. Sie kamen in Lenas Appartement an.

Er roch schal in den Räumen wie in jeder Wohnung, die wochenlang nicht benutzt worden ist. Die Blumen auf der Fensterbank waren verdorrt und vertrocknet; niemand hatte sich darum gekümmert.

»Laß uns essen gehen«, sagte Lena, kaum daß sie die Koffer in der Diele abgestellt hatten. »Irgendwohin, wo Licht und Menschen sind.«

Auf dem Garderobentisch lagen ein paar Zeitungen und Briefe, welche die Aufwartefrau dorthin gelegt hatte.

Lena blätterte sie flüchtig durch. Beim letzten Brief stutzte sie.

»Vom Kinderheim?« murmelte sie und blickte Christoph fragend an.

»Ich habe zum letzten Mal am vergangenen Mittwoch dort angerufen«, wiederholte Christoph. »Der kleinen Cornelia ging's prima.«

Lena schlitzte den Umschlag ungeduldig mit ihrem Daumen auf.

Ihr Blick glitt über die Zeilen –

»... und teilen wir Ihnen mit, daß wir dem Wunsche Ihrer Mutter entsprochen und Cornelia in ihre Obhut gegeben haben. Wir fügen für den vierwöchigen Aufenthalt des Kindes folgende Liquidation bei ...«

»Nein«, sagte Lena, »nein, es ist doch nicht wahr!« Sie blickte sich um, als sei sie plötzlich von allen Seiten von unsichtbaren Angreifern bedroht.

Christoph hielt im Anzünden seiner Zigarette inne. »Was ist passiert?«

»Sie hat das Kind aus dem Kinderheim geholt. Sie hat Cornelia zu sich geholt!«

Lena drehte sich ihm zu, packte seine Jackettaufschläge mit beiden Händen. »Christoph, meine Mutter hat das Kind in ihrer Gewalt!«

»Aber Lena, vielleicht ist sie zur Vernunft gekommen. Vielleicht will sie gutmachen –«

»Nein, nein, nein«, Lena schüttelte wild den Kopf, »sie nicht. Sie nicht. Du kennst meine Mutter nicht, Christoph. Sie ist durch und durch schlecht. Oh, sie ist böse. Sie hat mich gequält, als ich ein Kind war.«

»Reg dich nicht auf«, sagte er, »wenn du willst, fahren wir nach Siegburg. Mit dem Wagen. Sofort.«

»Wir werden zu spät kommen«, flüsterte Lena. »Ich weiß, wir werden zu spät kommen.«

XVIII

Die Stimme des Kindes war zu dünn. Sein Schreien drang nicht durch die dichtgeschlossenen Fenster, durch die vorgezogenen, schweren Portieren.

Niemand konnte darauf aufmerksam werden, und niemand konnte Alexandra Raven daher das Vergnügen nehmen, das Kind schreien zu hören.

In Alexandra Ravens Ohren war es Musik. Geschaffen, ihre eigene Qual, ihre eigene Pein über ihr verlorenes, verdorbenes Leben zu lindern.

Sie hatte sich kleine, harmlose, aber sehr wirksame Spiele mit dem Kind ausgedacht.

Sie brauchte nur die Zeit hinauszuzögern, bis es seine Flasche bekam. Dann greinte es schon.

Und es weinte, wenn man nicht die Windeln wechselte.

Und es heulte, wenn man das Bändchen, welches sein Jäckchen um den Hals schloß, einen Millimeter zu fest anzog.

Hin und wieder tat es auch ein kurzer harter Schlag auf die Hände.

Ja, und dann streckte dieser kleine Mensch doch tatsächlich noch seine Arme nach ihr aus, und wenn sie ihn aufnahm, schmiegte sich das kleine runde Gesicht schutzsuchend an ihre Brust.

Ein dummes Kind war es. Angewidert starrte Alexandra auf das kleine tränennasse Gesicht in der Kinderkrippe herunter. Ein dummes, ein blödes Kind, wie auch Lena es gewesen war.

»Ich ekle mich vor dir«, sagte Alexandra. »Was bist du doch für ein dämliches Balg.«

Das Kind öffnete seine Augen weit, erschrocken, furchtsam, als könne es die häßlichen Worte verstehen, und es preßte seine Fäuste vor den halboffenen Mund.

»Heul doch wieder«, sagte Alexandra. »Heul doch endlich wieder.«

Aber das Kind blieb diesmal ganz still.

Sie schlug auf die kleinen Fäuste. Es nützte nichts.

»Dann eben nicht«, stieß Alexandra hervor und ließ das Kind allein.

Hart klackten ihre Schritte die Treppe hinunter.

Hart warf sie die Tür der Bibliothek hinter sich ins Schloß. Sie knipste Licht an, alle Lampen.

Sie stellte das Radio so laut, daß die plärrende Schlagermusik alle anderen möglichen Geräusche übertönte. Und dann nahm sie die Flasche Cognac und ein Glas.

Alexandra warf sich bäuchlings auf die Couch und begann zu trinken.

Bei Limburg begann die Stauung auf der Autobahn. So weit das Auge reichte, waren die Rücklichter der Fahrzeuge düstere Feuer in der frühen Morgendämmerung.

Christoph hatte alle Fenster des Wagens heruntergedreht. Dennoch blieb es schwül, als sei es noch Sommer, und nur der Benzinbrodem der Blechschlange drang atembeklemmend herein.

Tief hingen graue Wolken, die Sonne brach mit schwefliggelben Strahlen durch; vorweggenommene Blitze eines Gewitters, das mit Hagelschauern kam.

Hagelkörner, so groß wie Kirschkerne, trommelten auf das Wagendach.

»Es tut mir so leid«, sagte Christoph, Lenas Finger umklammerten seine Hand. »Wir wären schneller mit dem Zug in Siegburg gewesen.«

»Du kannst ja nichts dafür«, sagte Lena. Ihre Lippen waren weiß und schmal, und er fürchtete sich davor, daß sie zu weinen anfangen würde.

Alles schien sich gegen sie verschworen zu haben.

Alles, seit dem Augenblick, da sie sich entschlossen hatten, nach Siegburg zu fahren, wohin Alexandra Raven das Kind entführt hatte.

»Wir kommen zu spät«, sagte Lena ein übers andere Mal, »ich weiß, wir kommen zu spät. Ich kenne meine Mutter. Ich weiß, wozu sie fähig ist.«

Christoph erwiderte nichts. Was hätte er auch sagen sollen? Er zündete für Lena eine Zigarette an. Dankbar legte sie flüchtig seine Hand an ihre Wange.

»Mach dir keine Sorgen«, sagte er, »du wirst sehen, es wird alles nicht so schlimm sein.«

»Jajaja«, murmelte Lena, aber er wußte, überzeugen konnte er sie nicht.

Alexandra Raven erwachte, als das Gewitter losbrach. Fahlgelbes Licht stach jäh in ihre Augen. Das Grollen des Donners rollte hohl durchs Haus.

Dünn und angstvoll weinte oben das Kind.

Alexandra preßte die Hände gegen die Ohren. Taumelnd erhob sie sich. Schweißnaß klebte der Hausanzug aus grüner Seide an ihrem Körper. Ihr Blick glitt angeekelt über die geleerte Cognacflasche und den Aschenbecher, der von Kippen überquoll.

Schwankend tastete sie sich aus dem großen Wohnraum, die Treppe hinauf und ins Bad.

Sie riß sich den Anzug herunter, drehte die Dusche auf. Eiskalt ließ sie das Wasser über sich fegen.

Dies war schon fast zu einem morgendlichen Ritual geworden, und es klärte ihren Kopf von den Spinnennetzen des Alkohols.

Alexandra war fast nüchtern, als sie in das Zimmer des Kindes ging.

Cornelia hörte sofort auf zu weinen, als Alexandra sich über sie beugte. Mit Riesenaugen starrte das winzige Kind die Frau an, die dieses stets verleugnet hatte und jetzt nur zu ihrer Rache an der anderen, ehelichen, erwachsenen Tochter benutzte. Aber dies begriff das kleine Kind ja noch nicht, und es streckte schutzsuchend, animalisch Wärme suchend, die Ärmchen nach Alexandra aus.

Alexandra nahm Cornelia auf. In diesen Minuten, aber nur in diesen ersten frühen Minuten eines neuen Tages, empfand sie fast so etwas wie Zuneigung zu dem Kind.

Sie trug Cornelia ins Bad, legte sie dort auf die Massageliege.

Sie badete das Kind, gab ihm dann seine Flasche und trug es in sein Bett zurück.

Alexandra ging hinunter in die Küche, machte für sich selbst Kaffee, trank ihn heiß und stark und ungesüßt.

Auf dem Küchentisch lagen Briefe, die sie achtlos am Vortag dorthin geworfen hatte.

Sie blätterte sie flüchtig durch, schlitzte dann einen Umschlag mit ihrem Daumen auf.

Sie las mit zusammengekniffenen Augen, denn die Buchstaben tanzten unter ihrem Blick.

»Sehr verehrte gnädige Frau –

... und teilen wir Ihnen höflichst mit, daß Ihr Fräulein Tochter seine Rückkehr aus Amerika für dieses Wochenende angekündigt hat, um finanzielle Transaktionen, welche das Vermögen Ihres verstorbenen Herrn Gemahls betreffen, mit uns zu besprechen ...«

Zum Wochenende?

Demnach mußte Lena schon aus Amerika zurückgekehrt sein.

Und demnach mußte sie schon wissen, daß Cornelia sich nicht mehr in dem Kinderheim bei München befand, sondern hier bei ihr.

Was die eiskalte Dusche und der starke heiße Kaffee kaum vermocht hatten, bewirkte diese Erkenntnis.

Alexandra war mit einem Mal vollkommen nüchtern.

Das Kind mußte aus dem Haus.

Lena sollte es nicht wiederbekommen. Nein. Sie nicht.

Da mischten sich Angst vor der Entdeckung, was sie, Alexandra, dem Kind inzwischen angetan, und der Haß auf Lena, die in ihrer Sanftheit und Demut sie stets besiegt hatte, in ihr und zwangen sie zu entschlossenem Handeln.

Keine Zeit war mehr zu verlieren, auch nicht der Bruchteil einer Stunde.

Alexandra lief in ihr Schlafzimmer hinauf, riß den Schrank auf, Schubladen.

Sie zog sich an, packte einen Koffer.

Eine Viertelstunde später brachte ein Taxi Alexandra und das Kind zum Flughafen Wahn.

Es war halb acht an diesem Morgen, als Christoph den Wagen in die Einfahrt von Lenas Elternhaus lenkte.

Still lag die Villa da, mit herabgelassenen Rolläden, wie unbewohnt.

»Sie ist weg«, sagte Lena, »Mutter ist weg.« Mit staksigen Schritten ging sie zum Haus; staksig, weil sie sich kaum mehr auf den Beinen halten konnte.

Sie war fast bis zur Apathie erschöpft.

Zu viel war geschehen in den letzten 36 Stunden.

Der Abschied von Joan Maring in New York, der Abschied von einer Frau, die ihr in wenigen Wochen mehr Mutter gewesen war, als Alexandra jemals in all den Jahren.

Der Rückflug nach München.

Das so lang ersehnte Wiedersehen mit Christoph, sofort überschattet von dem Wissen: Alexandra hat Cornelia in ihrer Gewalt.

Dann die endlose Nachtfahrt über die Autobahn. Die Furcht, zu spät zu kommen. Und nun das Bewußtsein, zu spät gekommen zu sein.

Das Haus schien eine Gruft – die Zimmer waren Grabkammern düsterer Erinnerungen, dazu angefüllt mit den häßlichen Requisiten einer Frau, die kranken Geistes ist.

Da lagen zerfetzte Kleider herum. Und überall Flaschen, leere Cognacflaschen, und da standen Aschenbecher, die überquollen, nie geleert.

Beschmutzte Windeln im Bad, und der durchdringende Geruch von Erbrochenem.

Da stand benutztes Geschirr in der Küche zu Berg, und schimmelbedecktes Brot lag auf dem Tisch.

Dazu eine Handvoll Briefe, ungeöffnet, bis auf einen.

Der eine war zusammengeknüllt. Christoph strich ihn glatt. Las ihn.

»Die Bank hat deine Muter von deiner Rückkehr unterrichtet«, sagte er. »Und hier – der Kaffee –«, er berührte die Kanne, »ist noch lauwarm.«

»Die Bank«, sagte Lena, dann lachte sie schrill und hoch.

»Lena!« Das eine Wort war wie ein Schlag und ließ sie verstummen.

»Entschuldige«, murmelte sie, »verzeih, Christoph.«

»Du darfst jetzt nicht die Nerven verlieren«, sagte er. »Deine Mutter hat offensichtlich heute morgen erst das Haus verlassen. Denk nach, wohin sie sich gewandt haben könnte.«

»Ich weiß nicht ...«

»Ihr wart in Zürich. In Zürich hat doch alles angefangen. Kann sie dahin gefahren sein?«

»Möglich.«

»Ich seh mal nach, ob ihr Wagen in der Garage steht«, sagte Christoph.

Er kam nach wenigen Minuten zurück. »Der Wagen ist da. Also wird sie ein Taxi genommen haben.«

»Ja, ein Taxi«, wiederholte Lena tonlos. »Ja, sie ist sicher zum Flughafen gefahren.«

Am Bahnhof in Siegburg stand nur ein Taxi. Das andere war noch unterwegs nach Wahn, so erfuhren sie.

Nach Wahn?

»Wissen Sie zufällig, wer der Fahrgast ist?« fragte Christoph.

»Ja«, der Taxichauffeur nickte. »'ne Frau mit 'nem Kind. 'ne magere Schwarze. Ziemlich nervös ...«

Sie fuhren nach Wahn. Kamen gerade zurecht, um die Zürcher Maschine aufsteigen zu sehen. Wie ein silberner Pfeil stieß sie in die fahlgrauen Wolken.

Ja, eine Frau Raven stand auf der Passagierliste, erfuhren sie am Lufthansaschalter.

»Wann geht die nächste Maschine nach Zürich?« fragte Lena.

»Von hier heute keine mehr.« Das Mädchen in der blauen Uniform lächelte bedauernd. »Aber Sie können um 15.15 Uhr von Düsseldorf aus fliegen.«

Sie fuhren nach Düsseldorf, aßen im Flughafenrestaurant zu Mittag.

»Bitte«, sagte Christoph, »du mußt etwas essen. Du darfst doch nicht schlapp machen, Lena, du mußt jetzt tapfer sein.«

Sie setzte ihre Sonnenbrille auf, damit man ihre Tränen nicht sehen sollte. Folgsam aß sie ein paar Bissen, trank ein paar Schlucke Wein.

Wie endlos kann Zeit sein.

Wie sinnlos langsam kann sie vergehen.

»Was soll schon geschehen?« fragte Christoph.

»Was soll schon in den paar Stunden geschehen, die wir später ankommen?«

»Ich weiß es nicht«, murmelte Lena, »ich weiß nur, daß ich Angst habe, schreckliche Angst.«

Er hielt ihre Hand, ließ sie nicht los.

»Wenn du nicht bei mir wärest«, sagte sie einmal, »ich wüßte nicht, was ich täte.«

»Ich bin bei dir«, sagte er und küßte ihren Mund. »Ich liebe dich, vergiß das nicht, was immer jetzt auch noch geschieht.«

Die rosigen Hände mit den glänzend polierten Nägeln lagen wie sorgfältig modellierte Wachsabdrücke auf dem dunklen Holz des Tisches.

Der Professor trug einen feierlichen schwarzen Anzug, und sein Gesicht war in jene salbungsvoll rosigen Falten gelegt, die ihm das Aussehen eines richtigen Wachsengels gaben.

»So sieht man sich also wieder«, lächelte er, und seine Augen schienen von einem zufriedenen Lächeln erfüllt. Wer den Professor jedoch genau kannte – nur gab es niemanden, der das von sich behaupten konnte –, hätte gewußt, daß sich gerade hinter dieser so salbungsvollen Maske äußerste Wachsamkeit verbarg.

»Ja, so sieht man sich wieder«, sagte Alexandra.

»Sie sind schöner denn je, meine Liebe.«

»Sparen Sie sich Ihre Komplimente«, wies sie ihn zurück. »Ich habe geschäftlich mit Ihnen zu reden. Ich biete Ihnen 50000 Mark, wenn Sie mich sofort und ohne zu zögern von dem Kind befreien.«

Der Professor spitzte die Lippen, aber er erwiderte kein Wort.

»Ich nahm an, es sei doch alles in Ordnung gekommen?« wich der Professor aus. »Ihre Tochter hatte das Kind doch als ihr eigenes anerkannt?«

»Ich habe keine Lust, Ihnen lange Erklärungen abzugeben«, sagte Alexandra. »Ich will das Kind ein für allemal los sein.«

»Nun, so einfach geht das aber wirklich nicht«, lächelte Latour, »und der Preis, den Sie nannten, ist für Ihr Ansinnen zu gering.«

»100000«, sagte Alexandra.

»100000«, der Professor bewegte das Wort wie einen Bissen köstlicher Speise in seinem Mund.

»Aber meine liebe gnädige Frau, was sind 100000 Mark bei einem Millionen-Dollar-Vermögen, in dessen Genuß Sie doch gewiß gekommen sind, nach dem bedauerlich plötzlichen Ableben Ihres Gatten in den Staaten?«

»Sie sind unverschämt«, stieß Alexandra hervor. »Sie sind unersättlich.«

»Gewiß bin ich das. Und ich habe nie ein Hehl daraus gemacht«, lächelte der Professor.

»Ich könnte Sie anzeigen, wegen Urkundenfälschung. Sie haben damals die Geburtsurkunde gefälscht.«

»Aber meine Liebste, das können Sie nicht. Was würden Sie dabei gewinnen? Doch nur einen öffentlichen Skandal. Schließen wir einen Kompromiß – sagen wir 250000.«

»Soviel habe ich nicht!«

Der Professor lächelte immer noch. Er erhob sich. »Überlegen Sie sich mein Angebot! Und wenn Ihre Überlegungen klug ausfallen, bin ich jederzeit für Sie zu erreichen, meine bezaubernde Alexandra Raven.«

Sie besaß das Geld nicht. Keine 250000.

50000 hätte sie flüssig machen können aus dem Kapital, von dessen Zinsen sie lebte.

Weitere 50000 hätte sie abzahlen können, in Raten – und Alexandra wäre sogar dazu bereit gewesen, um ihre Rache zu befriedigen.

Aber 250 000 – nein.

Alexandra fuhr mit dem Taxi nach Zürich zurück, wo sie das Kind gelassen hatte. In einer Pension am Bahnhof, einer schäbigen Absteige, in einem Zimmer, vor dessen Schmutz sie sich ekelte.

Das Kind schlief, die kleinen Fäuste gegen den Mund gepreßt.

Haßerfüllt starrte Alexandra das Kind an, das auf dem Sofa lag, beugte sich tief über es.

»Mir dir hat alles angefangen«, flüsterte sie. »Du bist an allem schuld. Du hast mein Leben zerstört! Deinetwegen hat Robert mich verlassen. Deinetwegen habe ich alles verloren, was ich je besaß. Ich hasse dich, o ja, ich hasse dich. Ich wünschte, du wärest tot. Tot, tot, tot!«

Ihre Hände ballten sich zu Fäusten, öffneten sich wieder, krümmten sich zu Klauen.

Sie wußte es nicht.

Sie streckte die Hände aus, ergriff das Laken, welches das Kind bedeckte, hob es hoch, wollte es über den Kopf streifen, über das kleine, verweinte Gesicht.

Das Zucken lief wie ein elektrischer Schlag durch Alexandras Körper. Ihr Mund füllte sich mit bitterem Speichel, der sie zu ersticken drohte.

Sie ließ das Laken zurückfallen, schleppte sich mit Mühe zum Bett, fiel darauf. Der Speichel trat als Schaum aus ihrem Mund. Sie riß die Augen weit, weit auf, denn da war eine schwarze Wand, die auf sie zukam, dichter und schwarzer und erstickender Qualm.

Nicht das Kind, nein, sie selbst! Sie selbst war es, die jetzt sterben sollte.

Ersticken an dem Haß, der in ihr war. Ersticken in dem Wissen um den kranken Geist.

Ja, sie wußte, daß sie krank war.

Sie wußte, daß alles, was sie je getan, dieser Krankheit entsprang. Der unheilbaren Krankheit ihres Geistes – der unheilbaren Eigensucht, Besitzsucht, dem unheilbar Bösen.

Alexandra wand sich und schlug um sich gegen die schwarze Wand aus Qualm, die sie zu erdrücken drohte.

Sie glaubte zu schreien, aber sie schrie nicht. Nur ein Röcheln kam aus ihrem verzerrten Mund.

Und dann war es plötzlich vorbei.

Alles war wieder an seinem Platz. Das Bett, auf dem sie lag, erschöpft, todmüde jetzt. Das durchgesessene Plüschsofa, auf das sie das Kind gelegt. Eine Kommode, zerschrammt, von achtlos abgestreiften Zigaretten gebrandnarbt. Die Vorhänge grau und fleckig vor schmierigen Scheiben.

Sie mußte hier raus.

Sie mußte diesem Zimmer entkommen, wenn sie noch einmal dem Fluch ihres Ichs entkommen wollte.

Denn sie wußte, daß sie sonst fähig war, das Kind zu töten.

Einer konnte helfen. Einer war ihr noch übriggeblieben.

Rothenburg!

Zu ihm wollte sie jetzt. Zu ihm mußte sie jetzt.

Die Spaltung ihrer krankhaften Persönlichkeit machte es möglich, daß Alexandra diesem Mann noch einmal unerhört reizvoll, ja so verführerisch erschien, daß er sie wie ein Geschenk empfing.

Das war zwei Stunden später, und Alexandra stand ihm gegenüber in ihrem eleganten, weißwollenen Kostüm, in schwarzen Lederstiefeln, die ihre schlanken Beine wie eine zweite Haut umschlossen.

Das Haar, dieses glänzend-schwarze Haar, fiel wie Rabenflügel auf ihre Schultern, und ihre großen, langwimprigen Augen, diese schwarzen Sternenaugen, sahen ihn an.

»Alexandra! Sie! Welch eine Überraschung!« Er streckte ihr beide Hände entgegen.

Sie lächelte zu ihm auf. »Sie freuen sich?«

»Und ob ich mich freue! Sie bereiten mir seit langem die köstlichste Überraschung, die ich mir denken kann.«

»Aber ich komme nicht allein«, sagte sie. Dieses reizvolle, spöttische Lächeln kräuselte immer noch ihre Lippen. »Ich bringe diesmal meine *kleine* Tochter mit.« Sie machte eine Kopfbewegung zu dem Taxi hin, das sie zu Rothenburgs Chalet gebracht hatte.

»Auch Ihre kleine Tochter soll mir willkommen sein«, sagte der weißhaarige Mann. »Kommen Sie, meine Haushälterin wird sich um das Baby kümmern.«

Er führte Alexandra in die Kaminhalle, in der sie vor gut einem Jahr noch geglaubt hatte, ihr Schicksal nach ihrem Wunsch lenken zu können.

»Einen sehr guten, sehr alten Cognac?« fragte Rothenburg. »Zum Aufwärmen nach der langen Fahrt?«

»Nein«, Alexandra schüttelte den Kopf, und ihre Augen ließen den Mann nicht los. »Ich möchte das, was jetzt kommt, mit weit offenen Augen und weit offenem Herzen erleben.« Sie flüsterte es nur, und sie sah, wie dieser Glanz in seine Augen kam, den sie so oft spielerisch und gewollt in den Augen der Männer entfacht hatte – ihr ganzes Leben lang ...

Ein Leben lang seit jener Nacht, seit jener Nacht, als sie allein war, in ihrem Elternhaus, ganz allein. Ihre Mutter war nicht da, zur Erholung war sie fort, in Bad

Mergentheim, wegen der Depressionen, und das Mädchen hatte Ausgang, und der Chauffeur ebenfalls. Nur sie allein war in ihrem Zimmer, als das Gewitter kam. Zwölf Jahre war sie alt, und sie fürchtete sich vor dem Gewitter, und sie zitterte und weinte in ihrem weißen Himmelbett, das ihr keinen Schutz bieten wollte. Nur weiße Kälte, weiß und kalt wie Schnee.

Und sie sah sich im halbdunklen Spiegel im halbdunklen Flur, mager und ein Kind noch und doch schon eine kleine Frau. Lange staksige Beine, aber die Taille war schon schmal und die Hüften rund.

Sie lief durch den Flur und lief und lief und gelangte vor der einen Tür an, durch deren Ritzen Lichtschein fiel.

Ihr Vater schlief, war eingeschlafen bei Licht, und behutsam nahm sie das Buch, in dem er gelesen, vom Bett, ehe sie unter die Decke zu ihm kroch.

Schutzsuchend, nichts als schutzsuchend.

»An was denken Sie?« fragte Rothenburg.

»Ich?« Sie zuckte zusammen, ihr Kopf fuhr hoch.

»Alexandra, Sie sind sehr blaß mit einem Mal. Doch müde von der Reise? – Vielleicht möchten Sie doch einen Cognac trinken?«

Sie saß in einem Sessel, und er stand vor ihr, und sie blickte fragend zu ihm auf.

»Ja, geben Sie mir doch einen Schluck«, sagte sie, »und vielleicht sollte ich Ihnen dann eine Geschichte erzählen? Aber es wird eine lange Geschichte werden.«

»Ich habe viel Zeit«, sagte Rothenburg und lächelte auf diese Art, die Männern eigen ist, wenn sie wissen, daß sie auf jeden Fall bekommen, was sie wollen, mag es auch noch so lange dauern.

Er reichte ihr den Cognacschwenker, sie führte ihn an ihren Mund, netzte nur die Lippen.

»Nun?« sagte er, »wollen Sie nicht beginnen? Ich höre Ihnen gern zu.«

»Es war einmal ein kleines Mädchen«, begann Alexandra. »Es war gerade zwölf geworden, und man ließ es sehr oft allein. Es lebte in einem Haus, das dem Ihren sehr ähnlich sah, einem Haus mit vielen Zimmern, und eines davon hatte vergitterte Fenster, und es war das Zimmer seiner Mutter – wenn sie zu Hause war. Aber sie war sehr oft nicht zu Hause, denn sie war sehr krank, seit sie einen kleinen Jungen tot geboren hatte. Manchmal vermißte das kleine Mädchen seine Mutter sehr, und besonders in einer Nacht. Es war eine Gewitternacht, und das kleine Mädchen war erst zwölf Jahre als –« Alexandra verstummte, es schnürte ihr den Atem ab, es ließ ihr das Herz wie Donner in den Ohren dröhnen.

»Ich hab' nur Schutz gesucht«, stammelte sie, »verstehen Sie, Rothenburg, nur Schutz in dem großen leeren Haus. Da war's doch bloß natürlich, daß ich zu meinem Vater lief. Und mein Vater war betrunken, sehr betrunken, lieber Rothenburg. Er erkannte mich nicht, verstehen Sie? Er wußte nicht, wer ich war. Er war so betrunken, daß er nicht einmal merkte, daß ich nur ein Kind von zwölf Jahren war.«

Alexandra preßte ihr Gesicht in ihre Hände.

Und zum ersten Mal, zum allerersten Mal konnte sie deswegen weinen.

Der Park des Sanatoriums war mit dem rotgoldenen Fenster des Herbstes erfüllt.

Weiß leuchteten die Kieswege, grün die Bänke, die verborgen in Buschwinkeln zur Erholung der Patienten standen.

Solch ein Haus müßte man haben, dachte Christoph

Bertram, solch eine Klinik – und dann noch Zeit genug, um Forschungen zu betreiben.

Er schritt neben Lena auf das Portal des Haupthauses zu. Fest hielt er ihre Hand in seiner. Und dann standen sie vor dem Professor.

»Welch eine Überraschung!« rief er aus und kam ihr mit ausgestreckten Händen entgegen.

»Fräulein Raven, nicht wahr? Wie geht es Ihnen und der verehrten Frau Mama?«

»Wegen meiner Mutter bin ich hier«, sagte Lena und übersah seine ausgestreckte Hand. »Doktor Bertram und ich wissen, daß sie sich wieder an Sie gewandt hat. Sie waren ihr seinerzeit beim Ausstellen der falschen Geburtsurkunde behilflich, die mich als die Mutter des Kindes ausweist, das hier geboren wurde. Ich weiß, daß meine Mutter sich jetzt wieder an Sie gewandt hat, um Cornelia doch noch abzugeben.«

»Aber mein liebes Kind!« Der Professor hob die Hände in einer Schweigen gebietenden Geste. »Ich habe die gnädige Frau seit Monaten nicht mehr gesehen. – Und«, mit einem gekränkten Seitenblick auf Dr. Bertram, »Ihre Anschuldigungen, mein Kind, muß ich auf das strikteste zurückweisen! Ich kann sie mir nur so erklären, daß Sie die nervlichen Belastungen, uner denen Sie seinerzeit standen, immer noch nicht ganz überwunden haben. Daher muß ich Sie leider auch bitten, mich mit Ihrer weiteren Anwesenheit zu verschonen.« Der Professor drückte auf einen Klingelknopf, der sich neben einer Reihe anderer in einem kleinen weißen Kasten auf seinem Schreibtisch befand.

Eine Tapetentür tat sich auf, ein riesiger Mann mit kurzgeschorenem rotem Haar erschien.

»Gustave«, sagte Professor Latour, und das Lächeln

verließ nicht eine Sekunde lang seinen Mund. »Gustave, die Herrschaften wünschen zu gehen! Und ich wünsche nicht mehr von den Herrschaften gestört zu werden.«

Begleitet von Gustave gingen sie.

»Wir werden ihn anzeigen«, sagte Christoph mit kaum unterdrücktem Zorn, als sie wieder durch den Park schritten. »Der Kerl ist ja ein Verbrecher.«

»Was willst du?« fragte Lena, »wir können gar nichts gegen ihn tun. Wir haben nichts als die gefälschte Geburtsurkunde als Beweis gegen ihn. Und er würde wahrscheinlich das Personal seines ganzen Sanatoriums als Gegenzeugen aufbieten. – Was soll es auch?«, sie griff wieder nach Christophs Hand. »Menschen wie ihn gibt es überall. Man kann sie nicht ausrotten. Es ist mir auch egal. Ich will Cornelia wiederhaben. Nichts anderes. Und meine Mutter noch einmal sehen. Ein einziges Mal noch ihr gegenüberstehen!«

XIX

Das Chalet klebte an der Flanke des Berges wie ein Raubvogelnest. Die Straße wand sich steil hinan.

»Da oben hat alles angefangen«, sagte Lena. »Rothenburg hat meine Mutter damals zu Latour geschickt. Er ist ein schrecklicher Mann. Er ist ganz anders als der Professor – aber genauso schlecht.«

Ihr Gesicht war sehr blaß, als sie vor dem Chalet aus dem Taxi stieg.

»Wahrscheinlich ist das die Endstation«, sagte sie und zwang sich zu einem Lächeln, das ganz und gar nicht gelang. »Ich bin froh, daß du bei mir bist, Christoph. Ohne dich –«, sie verstummte und ging ihm mit raschen Schritten zur Haustür voran.

Auf ihr Läuten öffnete Rothenburg selbst.

Im Gegensatz zu Professor Latour spielte er keine Überraschung.

»Ich habe mir denken können, daß Sie kommen würden«, sagte er. Er blickte Christoph Bertram prüfend an. »Allerdings habe ich Sie allein erwartet, Fräulein Raven.«

Christoph murmelte seinen Namen, Rothenburg nickte kurz.

»Meine Mutter ist also bei Ihnen?« fragte Lena.

Rothenburgs Blick kehrte zu ihr zurück.

Seine Augen schienen dunkler zu werden, ausdrucksloser, und doch war es Lena, als tasteten sie jede einzelne Pore ihres Gesichtes ab.

»Sie war hier«, sagte Rothenburg, und jedes Wort fiel schwer von seinen Lippen. »Aber bitte, kommen Sie doch herein – denn ich werde Ihnen vieles erklären müssen.«

»Aber – das Kind!« rief Lena atemlos.

»Das Kind?« wiederholte Rothenburg fragend, als wisse er nicht, was gemeint sei. Dann sagte er tonlos: »Das Kind befindet sich in guten Händen.«

Sie folgten ihm in die Bibliothek. Hier, wie überall im Haus, war es ungewöhnlich still.

»Ich will das Kind sehen«, verlangte Lena, und ihre Stimme klang mit einem Mal schrill vor Panik. »Wo ist Cornelia?«

»Ich sagte es schon, in guter Hut.« Rothenburg hieß sie mit einer fast gebieterischen Gebärde, Platz zu nehmen.

Christoph berührte Lenas Arm, sie setzte sich in einen Sessel. Sie preßte ihre Hände flach auf die Knie, um sie am Zittern zu hindern, was deutlich zu sehen war.

»Ihre Mutter kam heute mittag zu mir«, sagte Rothenburg. Er blickte Lena nicht an. Er machte sich an einem niedrigen Marmortisch zu schaffen, auf dem Kristallflakons in vielen Ambertönen standen. »Wir hatten ein langes Gespräch. Ein sehr langes, ausführliches Gespräch. Ich bat – Ihre Mutter, meine Frau zu werden. Sie schien – fast glücklich darüber. Sie war so gelöst, so heiter.«

»Und dann?« fragte Lena fast scharf, da er nicht fortfuhr.

»Wir aßen zusammen zu Mittag. Ihre Mutter schien sehr abgespannt, sehr müde. Ich brachte sie hinaus in eines der Gästezimmer.«

»Und dann?« fragte Lena noch einmal.

»Und dann?« wiederholte Rothenburg. »Und dann – sie wollte allein sein.«

Er hatte ihnen den Rücken zugewandt. Er preßte beide Fäuste auf die marmorne Platte des Tisches. Über seinen Rücken lief es wie ein Krampf.

»Alexandra bewunderte das Zimmer; es ist eines der schönsten im Haus. Sie sagte, daß sie sich schon wie zu Hause fühle. Sie trat ans Fenster und sagte, welch eine wunderschöne Aussicht, wie schön die Welt doch ist. Diese Berge und die Täler, wie tief hier die Täler sind, lieber Rothenburg.

Ich trat hinter sie, und sie lächelte zu mir auf und sagte, ich bin so müde, lieber Rothenburg, so müde. Aber morgen früh will ich den Sonnenaufgang hier sehen. Ich habe seit Jahren keinen Sonnenaufgang mehr gesehen, nicht mehr, seit ich ein Kind war. Als ich ein Kind war, bin ich immer sehr früh aufgewacht, und wenn die Sonne aufstieg, habe ich mir so oft gewünscht, sie möge auf die Erde niederstürzen und sie mit ihrem Feuer, mit ihrer Wärme erfüllen. Glauben Sie, lieber Rothenburg, daß ich dann nie mehr frieren würde?

Das machte mir Angst, ich meine, wie sie so redete, und ich bat sie, eine Minute allein zu bleiben. Ich wollte ihr nur ein Beruhigungsmittel holen. Als ich wiederkam, hatte sie die Tür des Zimmers abgeschlossen. Und seitdem – ich habe vor der Tür gestanden, die ganze Zeit. Ich habe keinen Laut mehr von ihr gehört.«

Sie stand am Fenster und sah die Sonne untergehen. Sie sah, wie die Schatten über die Berge krochen, Quallen der Finsternis.

Sie lächelte.

Niemand konnte sie mehr zum Narren halten.

Rothenburg nicht.

Und auch Lena nicht, die mit dem jungen Mann gekommen war, diesem jungen Arzt mit den braunen Hundeaugen.

Niemand konnte sie mehr zur Rechenschaft ziehen. Niemand mehr von ihr verlangen, daß sie sich selbst ihrer Sünden anklagte.

Sie wußte, wie nah sie der Finsternis war.

Wußte, wie nah sie ihr immer gewesen war.

Der Nacht des Geistes.

Daran ließ sich nichts ändern. Der Samen dazu war zu früh gelegt worden, in einer Gewitternacht, als sie ein zwölfjähriges Mädchen war.

Und alle Männer ihres Lebens hatten sie davon nicht befreien können.

Robert nicht und die anderen, deren Namen und Gesichter sie längst vergessen hatte, erst recht nicht.

Übrig blieb Rothenburg. Aber er war auch nur irgendein Mann.

Kein Retter in der Not, kein Heiliger Sankt Michael, kein Erzengel mit dem Schwert.

Alexandra Raven strich sich das lange schwarze Haar aus dem Gesicht. Sie wandte langsam den Kopf, als sie die Schritte der Treppe herauf und dann den Flur entlang kommen hörte.

Ihre Augen tasteten die Tür ab.

In diesen Augen war die panische Angst eines Tieres, das sich gestellt spürt.

Aber das wußte sie nicht. Sie wußte nur, daß noch ein Schritt sie vom Abgrund trennte.

Sie wandte sich wieder dem Fenster zu, öffnete seine Flügel weit.

Alexandra stieg auf das Fensterbrett. Sie richtete sich hoch auf. Sie breitete die Arme aus, stand sekundenlang zwischen Himmel und Erde, sie legte den Kopf in den Nacken, als müsse sie die Ränder der Wolken nach einem Zeichen abtasten.

Dann sprang sie.

»Mutter«, rief Lena. »Mutter, bitte, mach doch auf. Bitte, bitte, ich bin es, Lena. Hörst du mich?« Sie rüttelte an der Klinke.

»Bitte, geh zur Seite«, sagte Christoph, »wir müssen die Tür aufbrechen.«

Bertram und Rothenburg nahmen Anlauf, warfen sich zur gleichen Zeit gegen die Tür.

Das Holz knackte, splitterte am Schloß.

Aber erst beim zweiten Anprall sprang die Tür auf.

Sie sahen das weitoffene Fenster, sahen die Vorhänge, die der Wind wie blaue Segel blähte.

Rothenburg war als erster beim Fenster, beugte sich weit hinaus, daß er selbst fast das Gleichgewicht verlor.

»Alexandra!« schrie er. Aber sie konnte ihn nicht mehr hören.

Er konnte sie nur noch dort unten liegen sehen, eine Puppe, schwarz, weiß und rot, zerbrochen, weggeworfen von eigener Hand.

Christoph trat neben ihn, warf einen Blick hinunter.

Lena umklammerte mit beiden Händen seinen Arm. »Was ist?« stammelte sie, »was ist?«

Er wandte sie zu ihr um und nahm sie in seine Arme, er preßte ihr Gesicht an seine Brust. »Ich bringe dich hinunter«, sagte er heiser, »hier können wir nichts mehr tun.«

Er brachte Lena in die Bibliothek zurück. Er zwang sie, ein paar Schlucke Cognac zu trinken.

Er hielt sie in seinen Armen, und schließlich hörte das unkontrollierte Zucken ihres Körpers auf, und sie begann leise, verloren zu weinen.

Rothenburg war zu Alexandra hinuntergelaufen.

Er kniete neben ihr, er hob ihren Kopf an. Ihre Augen waren halb geschlossen, das Gesicht zart und weiß und unversehrt. Der Mund, der so oft im Spott und im Bösen gelächelt hatte, war nun ganz weich und sanft.

Unter ihrem Rücken breitete sich eine rote Lache aus. Er hob sie auf seine Arme, wie man ein schlafendes Kind aufnehmen würde. Ganz vorsichtig, ganz sacht.

Der steile, steinige Weg zurück zum Haus war wie ein Weg in die Ewigkeit; schon einmal war er ihn so hinaufgestiegen; schon einmal an einem Abend, als seine Schwester das gleiche getan.

Er brachte Alexandra hinauf in das Zimmer, wo sie hätte schlafen und zur Ruhe kommen sollen.

Vorsichtig ließ er sie aufs Bett gleiten.

Er ging ins Bad, holte Schwamm und Handtücher. Vorsichtig wusch er Alexandra das Blut von Händen und Armen.

Er streifte die weiße Seidendecke über sie, faltete ihre Hände darauf.

Er zündete Kerzen an, die in Silberleuchtern auf Kommode und Tisch standen, schloß die blauen Samtportieren des Fensters.

Lange saß er an Alexandras Lager, blickte sie an.

»Ich habe dir helfen wollen«, sagte er. »Damals, als du zum ersten Mal zu mir kamst, wußte ich ja nicht, wieviel Hilfe du brauchtest. Aber diesmal wollte ich dir helfen. Diesmal hätte alles gut werden können, Alexandra.«

Doch er wußte zur gleichen Zeit, daß er sich selbst belog.

Denn sie hatte sich selbst den Tod gegeben, nachdem sie das Geheimnis ihres Lebens, die Triebfeder zu all dem Bösen, das sie später getan, ihm preisgegeben hatte. Und ohne diese Triebfeder hatte sie wohl nicht mehr leben können.

Sie nicht. Nicht Alexandra, die so stolz gewesen war.

Auf dem Tisch neben ihrer Handtasche fand er einen Zettel, bedeckt mit ihren hastigen Schriftzügen.

»Verzeihen Sie mir, lieber Rothenburg«, las er, »auch Lena und das Kind mögen mir verzeihen. Ich gebe mein Leben, das, was ich am meisten geliebt.«

Und selbst in der Stunde ihres Todes hatte sie nur geschrieben: das Kind – nicht *mein* Kind oder *meine andere Tochter.*

Es waren die müden, schweren Schritte eines alten Mannes, mit denen Rothenburg die Treppe hinunterstieg, in die Bibliothek ging.

Lena saß neben Dr. Bertram. Sein Arm lag um ihre Schultern. Sie hatte ihr Gesicht in den Händen verborgen.

»Ihre Mutter war – krank«, sagte Rothenburg. »Sie war eine sehr kranke Frau, und niemand von uns hat es geahnt. Wenn Sie sie noch einmal sehen wollen –«, er brach ab, ging schnell zum Tisch mit den Getränken hinüber, goß sich einen Whisky ein, trank ihn pur in einem Zug.

»Sie ist wieder oben, in ihrem Zimmer«, fügte er dann hinzu, und seine Stimme gehorchte ihm auch jetzt kaum. »Ich werde inzwischen meine Haushälterin – von allem unterrichten.«

Die Kerzen am Kopfende des Bettes flackerten, als wollten sie verlöschen, doch dann gaben sie wieder ruhigen Schein.

Lena trat langsam heran, blieb lange davor stehen, blickte auf ihre Mutter hinunter. Dann sank sie wie unter einem Zwang in die Knie, faltete die Hände.

Schließlich erhob sie sich wieder, kam zu Christoph zurück. Er legte seinen Arm wieder um ihre Schultern, führte sie aus dem Zimmer.

»Wenn Sie erlauben, Fräulein Raven«, sagte Rothenburg, der sie in der Halle erwartete, »werde ich mich um alle Formalitäten kümmern.«

»Ich muß es selbst tun«, widersprach Lena ebenso tonlos.

Sie nahm mit einer dankbaren Kopfbewegung den Cognac, den Rothenburg ihr in der Bibliothek anbot. Christoph zündete für sie eine Zigarette an.

»Wir fahren nach Zürich zurück«, sagte sie dann. »Ich werde von dort aus alles Weitere veranlassen. Aber ich möchte jetzt Cornelia mitnehmen.«

Wenig später verabschiedeten sie sich von Rothenburg; förmlich, knapp, sie kannten ihn ja kaum. Und sie ahnten beide, daß sie ihn wohl niemals wiedersehen würden.

Am Tag, als Alexandra Raven auf dem alten Friedhof von Siegburg in der Grabstätte der Familie beerdigt wurde, regnete es.

Die Zeremonie war kurz.

Der Priester fand kein persönliches Wort, denn er hatte Alexandra Raven nicht gekannt.

Freunde der Ravens waren nicht gekommen, denn sie hatte es nie gegeben – einmal, weil die Rastlosigkeit, die weiten Reisen von Robert Raven es nicht zuließen, zum anderen, weil Alexandras exzentrische Lebensweise es verbot.

Ein paar alte Frauen waren neugierig-stumme Trauergäste, graue Gesichter unter schwarzen Regenschirmen, Einkaufstaschen in der Hand.

Rothenburg war nicht gekommen.

Dafür ein anderer Mann, den nur Alexandra gekannt hatte.

Er hielt sich wie die fremden Frauen im Hintergrund. Als die erste Schaufel Erde auf den Sarg fiel, entfernte er sich schnell, unauffällig – auch ihn würde Lena nie wiedersehen.

Der naßglänzende Sarg, der Pfarrer, dem der Regen über das blasse Gesicht und die randlosen Gläser der Brille lief, dumpf polternde Erde, Herbstblumen, die schnell verwelken würden – all das war nichts, woran jemand leicht zurückdenken würde.

Alexandra Raven hatte sich den Tod gegeben, um vielleicht mit dieser Handlung Selbstsühne zu suchen. Ganz zum Schluß, ehe es auch dafür zu spät gewesen wäre.

Im Speisewagen des Transeuropa-Expreß verbreiteten die seidenbespannten Tischlampen warmen Schein.

Alle Tische waren besetzt, das Summen der Gespräche übertönte fast das Rollen der Räder.

Die Stewards eilten hin und her, trugen Getränke auf, Speisen.

Christoph hatte für sich und Lena ein Champignonomelett bestellt und eine Flasche leichten Mosels dazu.

Zum erstenmal seit vier Tagen vermochte Lena zu essen. Zum erstenmal seit vier Tagen schnürte nicht schon nur der Gedanke daran ihr die Kehle zu.

Sie war erschreckend mager geworden in diesen vier Tagen, und die weiße Strähne in ihrem blonden Haar schien breiter und weißer als zuvor.

Fröstelnd saß sie in ihrem schwarzen Nerz. Meist hielt sie die Lider gesenkt, und sie sprach kaum.

Nur wenn sie Christoph ansah, wurde ihr Blick sekundenlang direkt und warm.

Christoph hatte ihr Halt gegeben, er hatte sie nicht verlassen. Er hatte ihr all das Schwere, das sie erleben mußte, leichter gemacht.

Sie saßen im Transeuropa-Expreß, um nach München zurückzukehren. Als erstes würden sie dort die kleine Cornelia aus dem Kinderheim holen, wohin sie das Kind von Zürich aus gebracht hatten.

Wie aber sollte es dann weitergehen?

Sie gingen in ihr Abteil zurück.

Lena kauerte sich auf ihren Fensterplatz. Sie streifte

die schwarzen Pumps von den Füßen, zog die Beine unter sich, verkroch sich tief in ihren Pelz. Sie lehnte den Kopf zurück und schloß die Augen.

Wie sollte es weitergehen? Sie dachten beide daran. Wie sah ihre Zukunft aus?

Was noch vor wenigen Tagen eine einfache, selbstverständliche Entscheidung gewesen war – daß sie zusammenbleiben und dann heiraten würden –, schien nun unerreichbar.

Christoph würde es aus Mitleid tun, dachte Lena. Er würde mich aus Mitleid heiraten, weil er weiß, was in den letzten anderthalb Jahren alles mit mir passiert ist.

Lena könnte es aus Einsamkeit tun, dachte Christoph. Weil sie jetzt so allein ist, niemanden, keinen Menschen mehr hat, außer dem Kind. Und es ist nicht mal ihr eigenes. Es ist das Kind ihrer Mutter. Lena ist noch so jung, und sie ist so reich. Wie wird es sein, wenn sie aufwacht, wenn ihr zu Bewußtsein kommt, daß ich nichts weiter bin als ein simpler, kleiner Landarzt?

Aber vor allem waren die Ereignisse der letzten Tage noch zu frisch, als daß sie über ihre eigene Zukunft hätten sprechen können. Also blieb sie ungewiß, und das schuf eine Scheu zwischen ihnen, über die es vorläufig keine Brücke gab.

»Vielleicht sollte ich mal für ein paar Wochen wegfahren«, sagte Lena, »mit dem Kind. Irgendwohin nach Südspanien. Ich wollte immer schon mal nach Spanien, nach Andalusien. Und an die Costa del Sol. Im Oktober soll es sehr schön dort sein.«

Sie sagte es nur, um von ihm das Gegenteil zu hören.

Aber Christoph antwortete: »Warum nicht? Das ist gar keine schlechte Idee.« Er räusperte sich, blieb dann aber stumm. Wenn sie nach Spanien wollte, wenn sie irgendwohin wollte, wer war er, daß er sie daran hindern durfte?

Sie verließen den Zug in München, einander fremder und ferner als jemals zuvor.

Ihre Zukunft war ein leeres Gefäß, das sich nur langsam und behutsam füllen lassen würde.

Die Pension Cava lag an einem flachen, pinien- und kakteenbestandenen Hang.

Tag für Tag schien die Sonne aus einem tiefblauen, wolkenlosen Himmel. Tag für Tag war es so heiß wie in Deutschland im Hochsommer. Nacht für Nacht war es so kalt wie im Winter. Und der Frost der Einsamkeit umgab Lena.

Lena schwamm häufig in der tiefen glatten Bucht; sie wußte die kleine Cornelia bei dem spanischen Kindermädchen Leonore in guter Hut.

Abends saß sie manchmal mit dem jungen Ehepaar zusammen, dem die Pension gehörte.

Es waren Franzosen, die dem lauten, hektischen Paris unserer Tage entflohen waren, um sich selbst nicht zu verlieren.

Und von Tag zu Tag, von Nacht zu Nacht wuchs die Sehnsucht in Lena, ein solch einfaches Leben wie die Marrins mit Christoph zu führen.

Sie schrieb ihm viele Briefe.

Sehnsüchtig, verlangend.

Aber sie sandte keinen davon ab.

Sie schickte ihm statt dessen eine Postkarte mit ihrer Anschrift, schrieb, es gehe Cornelia und ihr gut.

Cornelia, die kleine Schwester, die nun für immer ihr Kind bleiben würde, sogar der Geburtsurkunde nach.

Dies und die Lena angeborene Scheu waren es, die sie

davon zurückhielten, Christoph mehr zu schreiben, als ein Karte.

Und seit 14 Tagen schon wartete sie auf eine Antwort.

Vierzehn und ein halber Tag.

Und sie liegt am Strand, erschöpft vom langen, langen Schwimmen in der weiten Bucht, die Augen gegen das Gleißlicht der Sonne geschlossen.

Sie denkt an Christoph und kann sich sein Gesicht nicht mehr vorstellen.

Nur die Augen, die Augen, die wird sie nie vergessen, das weiß sie.

Gute Augen sind es, tiefbraun, Augen, zu denen man Vertrauen hat, Augen, die so ernst und so fröhlich sein können.

«Christoph«, murmelt sie.

Und da sagt jemand mit seiner Stimme: »Ist das etwa ein Empfang? Einfach so dazuliegen? Faul in der Sonne?«

Sie fährt hoch, und da steht er, und sie kann sein Gesicht jetzt wirklich nicht erkennen, denn die Sonne blendet so sehr.

Sie kann sich gar nicht rühren, bloß zu ihm hochstarren.

Und da hockt er sich nieder und nimmt ihr Gesicht in beide Hände und sagt: »Haben wir jetzt lange genug gewartet? Können wir jetzt endlich damit aufhören?«

Sie kann nur nicken. Nichts anderes tun.

Und dann fängt sie zu weinen an, und vielleicht zum ersten Mal in ihrem Leben sind es Tränen des Glücks.